Moritz Dieterici

**Zwei kühne Amerikaner in Sibirien**

Moritz Dieterici

**Zwei kühne Amerikaner in Sibirien**

ISBN/EAN: 9783743416635

Hergestellt in Europa, USA, Kanada, Australien, Japan

Cover: Foto ©Andreas Hilbeck / pixelio.de

Manufactured and distributed by brebook publishing software
(www.brebook.com)

Moritz Dieterici

**Zwei kühne Amerikaner in Sibirien**

# Sibirien

Nach dem Original-Werke Kennans

dargestellt von

## Dr. phil. Moritz Dieterici.

Der Gouverneur.

Auf administrativen Wege verhaftet.

Verbannten=Transport.

Im Etappengefängnis.

Im Sturm und Wetter.

Landsitz eines sibirischen Millionärs.

Russische Bauern.

# Zwei kühne Amerikaner

in

## Sibirien.

Geographisch-kulturhistorische Skizzen
nach dem Original-Werke Kennans über seine Reise in
Sibirien, besonders den russischen Deportationsländern.

Dargestellt von

## Dr. phil. Moritz Dieterici.

Neu-Weißensee bei Berlin, Generalstraße 8.
E. Bartels.

# Vorwort.

Als dritte Nummer unserer Geographischen Bilder stelle ich im Auftrage der Verlagsbuchhandlung diesen Band über „Sibirien" zusammen.

Ueber kaum ein zweites Land der Erde herrschen so viele verkehrte Anschauungen, wie über das große nordasiatische Rußland. Kennan und Frost haben bahnbrechend mit ihrem Werke gewirkt. Ihre kühnen Fahrten soll der deutschen Jugend der nachfolgende Band zugänglich machen.

Für die rein geographischen Schilderungen diente, wie stets, v. Hellwalds vorzügliches Geographisches Hausbuch als Hauptquelle.

Möge das Büchlein Interesse und Teilname an der Völker- und Menschenkunde fördern.

Berlin.

Der Verfasser.

# Einleitung.

Der größte Weltteil, Asien, der mit dem von uns bewohnten so eng verbunden ist, wie mit keinem anderen und wie auch kein anderer, ähnelt, trotz ungeheurer Verschiedenheiten hinsichtlich Größe, Bewohner und Klima doch in rein physikalisch-geographischer Ansicht Europa ganz ungemein.

Mächtige Halbinseln springen an der Südseite des Weltteiles Asien ebenso heraus, wie bei der Europas.

Wenn wir von Osten nach Westen fortschreiten, so kommen wir von Hinter- über Vorderindien nach Arabien und finden sofort die Aehnlichkeit der Gliederung mit den europäischen Gebilden nach Zahl und Art, mit den Halbinseln Griechenland, Italien und Spanien.

Ja, wir finden sogar kulturgeschichtlich hier etwas Gemeinsames, denn ebenso wie die Wiege der Menschheitskultur auf einer asiatischen Halbinsel der Südküste gestanden hat, ist für Europa ebenfalls von einer südlichen Halbinsel kulturelle Entwickelung ausgegangen: Indien schuf den Buddhismus, Griechenland all seine Herrlichkeiten in Kunst und Wissenschaft, vor denen wir noch heute bewundernd stehen, und von denen wir lernen werden, so lange es eine Kultur und Gesittung auf Erden giebt.

Doch nicht blos am Südrande, in ihrer Gliederung, ähneln die beiden Weltteile einander, sondern noch vielmehr in ihrer Bodenbeschaffenheit der nördlichen Hälfte. Beide Weltteile sind dort von mächtigen Tiefebenen eingenommen.

In Europa sehen wir auf der Karte grün die große norddeutsche und die russische Tiefebene, in Asien treffen wir, dem westlichen Nachbarlande entsprechend, das ungeheure sibirische Tiefland. Von Süd nach Nord eilen mächtige Ströme dem Meere zu. Sie kommen von Hochländern, die in beiden Weltteilen eng massiert mehr nach Süden zu als nach Norden hin sich gelagert finden. Liegen doch die gewaltigen, alpinen Ketten, deren gletscherbedeckte Häupter hoch empor in die Wolken ragen, um populär zu sprechen, „auf beiden Weltteilen in derselben Gegend."

Und wenn wir nun dieses System von Aehnlichkeiten fortzuspinnen gesonnen sind, so werden wir, trotz der vorerwähnten Verschiedenheit in der Bevölkerung, dennoch weitere Vergleichspunkte finden.

Da, wo das Gestade Europas der völkerverbindende Ozean bespült, sehen wir ein Inselreich der Küste vorgelagert, dessen Volk, groß in Handel und Wandel, mit gewaltiger Intelligenz und Energie ausgerüstet, auf sehr hoher Kulturstufe steht, die es in rastloser Arbeit erklommen hat und mit Umsicht und Thatkraft zu behaupten gesonnen ist. Und ein Aehnliches finden wir in Asien, wo in den Gewässern, die der Pacific von Amerika herüberwälzt, ein hochbegabtes Inselvolk durch seine eminente, kulturelle Begabung die Blicke der modernen Welt mehr und mehr auf sich lenkt.

Unsere Leser werden sicher den vorstehenden Vergleich zwischen Großbritannien und Japan gerechtfertigt finden.

Und nun noch ein letztes Vergleichsmoment, das uns dann direkt zu den großen Verschiedenheiten und Hauptunterschieden der beiden Weltteile hinüberleiten soll. In beiden Weltteilen sind Weltreiche entstanden; gewaltige Länder- und Völkermassen, die in der Hand eines Herrschers geeint sind, bilden jene Riesenreiche China und Rußland, vor deren ungeheurer Ausdehnung wir geradezu er= schaudern.

Aber nun stehen wir auch vor einer gewaltigen Ver= schiedenheit der beiden Weltteile: in Europa ist auf dem alten Meeresboden der norddeutschen Tiefebene eine hohe, herrliche Kultur entstanden, während die nordasiatische Tief= ebene, das unendliche Flachland Sibirien, (auch ein früherer Meeresboden) noch recht, recht wenig kultiviert ist.

Rußland sucht europäische Kultur dorthin zu verpflanzen und geht dabei in höchst eigenartiger Weise vor: dem russischen Regime mißliebige Elemente werden zwangsmäßig nach Sibirien gebracht und müssen dort europäischer Kultur und Gesittung die Wege ebnen.

Ein abenteuerliches Leben hat sich auf diese Weise in den früher so öden Steppen Sibiriens entwickelt. Jetzt ist das Land mehr bewohnt und seitdem Rußland seine gewaltige Eisenbahn bis zu den Ufern des Stillen Ozeans durch Sibirien quer hindurchzieht, ist das Land der Kultur Europas weit mehr als früher erschlossen. Freilich werden noch Generationen dahinsinken müssen, ehe die sibirische Tiefebene der norddeutschen auch nur annähernd ähnelt.

Die eigenartigen Verhältnisse, unter denen Sibirien der europäischen Kultur erschlossen wurde und wird, hatten es zur Folge, daß das Interesse der gesamten gebildeten Welt diesem Lande sich zuwendete.

Aber es sind wohl kaum über irgend ein Gebiet der Erde mehr falsche und thörichte Nachrichten verbreitet und geglaubt worden, als gerade über Sibirien. Da sprach man von dem öden, von ewigem Eise erfüllten Wüstenlande, und die Vorstellung, daß Sibirien schon durch sein Klima jeglicher Kultur unzugänglich sei, äußert sich vollkommen da=

rin, daß wir in unserem Sprachgebrauche eine besonders
starke Kälte als „sibirische" bezeichnen.

Doch die vielen verkehrten Nachrichten und Meinungen,
die über Sibirien im Schwange sind, haben ihre Ursache
vor allen Dingen darin, daß die russische Regierung mit
eisernster Strenge jedem Fremden den Zutritt zu den Deportationsländern, oder mit andern Worten, zu Sibirien
versagte. Mit ebenso schärffter Kontrolle wurde und wird
noch heute es überwacht, daß Druckschriften, die Beschreibung
über sibirische Zustände erhalten, von dort oder von Rußland ausgeführt werden. Die russische Censur arbeitet gerade in diesen Dingen mit außerordentlicher Strenge.

Welche Tendenzen die russische Regierung zu einem solchen
Vorgehen veranlassen, ist nicht völlig klar. Nach unserer
Ansicht erzeugt gerade dieses ängstliche Verbergen von Zu-
ständen, dies Geheimthun mit Verhältnissen, an denen gar
nichts zu verbergen ist, im Auslande die große Animosität,
die den Dingen in Sibirien im Allgemeinen entgegen gebracht
wird.

In den letzten dreißig Jahren ist nun auch dort so
Manches anders geworden.

Es gelang den Verbannten, ab und zu Artikel über
sibirische Zustände durch die ausländische Presse in das
Publikum zu bringen. Da diese Artikel nun von verbitterten
oft auch gequälten Menschen geschrieben waren, so darf es
uns nicht wundern, wenn die darin enthaltenen Schilderungen etwas rot in rot gehalten sind.

Oft genug erregten diese Mitteilungen auch einen
wahren Entrüstungssturm im Auslande, und besonders war
es das Land der Freiheit, die Republik der Vereinigten
Staaten von Nord-Amerika, wo die „sibirische Frage" lebhaft
mit für und wider diskutiert wurde.

Da machte sich im Jahre 1868 Georg Kennan, ein Anglo-Amerikaner, auf, um Sibirien selbst zu durchforschen. Wie er selbst sagt, ging er mit der Absicht an seine Aufgabe, all die Verdächtigungen der russischen Regierung, die ihr zur Last 'gelegten Grausamkeiten, die sie sich angeblich bei der Behandlung der Gefangenen zu Schulden kommen ließ, aus eigener Anschauung widerlegen zu können. Mit großartiger, echt amerikanisch-journalistischer Gewandtheit, ging Kennan an sein Werk, das er mit List, Energie und — last not least — Glück durchführte.

Seine Ansichten über die Zustände des von ihm bereisten Landes änderten sich an der Hand seiner Beobachtungen. Als er dann späterhin seine gesammelten Notizen veröffentlichte, war aus der geplanten Verteidigungs- und Lobrede eine Schrift geworden, die von einer Anklage nicht allzu entfernt war.

Kennans Schriften sind aus dem englischen Original-manuskript in das Deutsche bereits übertragen worden. Wir werden später eine neue Bearbeitung in den weiteren Kapiteln folgen lassen, denn noch heute sind die Quellen, die der amerikanische Reisende über sibirische Zustände, speziell über das dortige Gefangenenleben durch sein Reisewerk eröffnete, durch keine anderen Schilderungen übertroffen worden.

Allerdings sind ja jetzt 30 Jahre verflossen, seit Kennan seine so erfolgreiche Reise antrat.

In Rußland hat sich in dieser Zeit gar viel zugetragen.

Von roher Meuchelmörder Hand mit teuflisch-furcht-baren Zerstörungswerkzeugen getroffen, starb Czar Alexander eines qualvollen Todes.

Daß eine derartige Schandthat, ein Kaisermord, begleitet von den verabscheuungswürdigsten Umständen, nicht dazu beitrug, die Regierungsform in Rußland zu mildern, liegt auf der Hand.

Der Nachfolger des ermordeten mächtigsten Mannes unseres Planeten, Czar Alexander der III., konnte den entsetzlichen Tod seines Vaters nicht vergessen. Abgeschlossen, unnahbar verhielt er sich seinem Volke gegenüber, aus dessen Mitte ja die verruchten Mörder hervorgegangen waren, und manche, nach unseren westeuropäischen Begriffen harte Maßregel entsprang unter seiner Regierung diesem Kummer, der des Czaren Gemüt umdüsterte.

War es die beständige Sorge, daß ein gleiches Schicksal wie dem Vater ihm beschieden sein würde, die des Czaren so mächtige Reckengestalt wanken machte, oder war, wie das Volk hier und da zitternd sich zuraunte, es ein Gift, das die Rieseneiche fällte: Alexander III. erkrankte an schwerem Siechtum.

Um das Krankenlager standen die bedeutendsten Aerzte Europas. Sogar dem großen deutschen Kliniker v. Leyden war die Ehre zu Theil geworden, den erhabenen Monarchen behandeln zu dürfen, eine Ehre, die um so höher anzuschlagen ist, als der Czar thatsächlich kein allzugroßer Freund der Deutschen war. Aber, alle Kunst war vergebens: der Herrscher Tod bezwang den mächtigen Kaiser Rußlands.

Ein neuer Herrscher, Nikolaus der II., bestieg den alten Kaiserthron im Kremel, und hoffend, bald bewundernd richteten mit den Blicken seiner Unterthanen die der ganzen gebildeten Welt sich auf den jungen Monarchen. Ist doch gerade in unseren Tagen von ihm eine Botschaft in alle Welt gesendet worden, die zum Frieden mahnt und als ein neues, echt christliches Evangelium durch das ganze, in Waffen starrende Europa wiederklingt und besonders in dem edlen, echt ritterlich-christlichen Herzen unseres erhabenen

Kaisers Wilhelms II. den lebhaftesten Wiederhall ge=
weckt hat.

Ob es nun auch in Sibirien anders werden wird, ist
zu hoffen, steht aber noch zu erwarten, und wir können
sicher zunächst Kennans Schilderungen glauben. Oft genug
klingen sie ja, als sei etwas Amerikanertum in ihnen ent=
halten aber immer wieder zwingt uns des Autors ernste,
vom besten Willen beseelte Persönlichkeit Glauben an seine
Darstellungen ab.

Nun, unsere Leser werden ja selbst ihr Urteil bilden
können, wenn sie die später folgende Bearbeitung von Ken=
nans Werk gelesen haben.

## Erstes Kapitel.

## Land und Leute in Sibirien.

Bevor wir auf die Schilderungen Kennans eingehen, er-
scheint es uns zweckmäßig, eine knappe Darstellung
der physikalischen und politischen Geographie der gewaltigen,
nordasiatischen Tiefebene, also Sibiriens, voranzuschicken.

Gebirge, Flüsse und Klima, Dörfer, Städte und Bewohner soll der Leser zugleich mit des Landes Erzeugnissen
kennen lernen, ehe er dann weiter in die eigentlichen Lebens-
Verhältnisse Sibiriens hineinblickt.

Findet sich doch ein jeder Besucher in den Einrichtungen
eines Hauses weit eher und besser zurecht, wenn er den Plan
des Gebäudes und dessen Bewohner kennt, als wenn er unter
ein ihm völlig unbekanntes Dach tritt.

Beginnen wir denn nunmehr unsere Wanderung durch
Sibirien.

Das ganze Land umfaßt etwa ein Fünftel Asiens und
ist größer als das gesamte Europa. Der Leser mache sich
einmal klar, was dies zu bedeuten hat. Es würde also
eine Reise quer durch Sibirien etwa einer Fahrt gleichen,
die von England quer durch Europa bis zum Ural geht,
eine Strecke, deren Meilenzahl gewiß dazu angethan ist,
dem Wanderer Achtung abzunötigen.

Der Boden der gewaltigen Tiefebene, der teilweise sogar tiefer gelegen ist wie der Spiegel des Meeres, ist sicher ein alter Meeresgrund. Darauf weisen die ausgedehnten und zahlreichen Salzseen hin, die in diesen Gebieten sich finden, und viele paläontologische Funde bestätigen diese Ansicht.

Die russische Regierung zählt zu Sibirien noch vier Provinzen, die in der südlich von Sibirien sich hinziehenden, kirgisischen Steppe liegen, zu ersterem. Es sind dies die Provinzen Uralsk, Turgai, Akmolinsk und Semipolatinsk.

In West-Sibirien finden wir zwei Gouvernements, das heißt russische Kronverwaltungs-Bezirke, nämlich Tobolsk und Tomsk. Der Jenissei stellt die Scheidegrenze zwischen Westen und Süd-Sibirien her. Um ihn herum liegt das Gouvernement Jeniseisk, das von dem Flusse seinen Namen hat. Den Norden Sibirien, bildet das Gebiet von Jakutsk, während zu Süd-Sibirien die Gouvernements von Irkutsk, und Transbaikalien und das Amurgebiet gehören.

Naturgemäß ist die Bodenbeschaffenheit Sibiriens, das ein so riesig ausgedehntes Land ist, auch eine sehr mannigfaltige. Im Süden und Osten enthält Sibirien mächtige Bergketten, im Südwesten dagegen ist es ein vollständig ebenes Tiefland.

Wie ein erstarrtes Meer liegt vor den Blicken des Reisenden, der vom Ostabhange des Ural hinunterkommt, die weite westsibirische Tiefebene. Die Eingangspforte zu ihr bildet Jekaterinenburg. Diese Stadt ist wichtig vor allen Dingen durch den hoch entwickelten Bergbau in ihrer unmittelbarsten Umgebung. Das Flüßchen Isset fließt bei der gewerbsfleißigen Stadt vorbei, die von etwa 30000 Einwohnern bewohnt ist.

Die Berglandschaften Sibiriens beginnen mit dem Dsungarischen Ala Tau, dem Tarbagatai und Altai. Sie ziehen in dem Daurischen Alpenlande weiter. Dieses trennt dann der Baikalsee*) vom Daurischen Scheidegebirge zwischen der Lena und dem Jenissei: Weiterhin steigen das Jablonoi= und Stanowoigebirge auf. Der Norden Sibiriens ähnelt den nördlichsten Gebieten Amerikas.

Gleich diesen ist Bodenbeschaffenheit, Klima und Ge= samtcharakter des Landes vollkommen verändert und ähnelt durchaus dem arktischen Gebiete. Die erst so schönen Wälder, Weiden und Wiesen gehen nach und nach in öde Steppen über, bis schließlich, gerade wie im Norden des europäischen Rußlands, auch hier die schrecklichen Einöden, die Tundren, sich ausdehnen. Temperatur, Ertragsfähigkeit und damit Bewohnerzahl sinken, je mehr der Reisende sich dem Eismeere nähert. Dort hausen die Nomadenstämme der Tungusen und Tschuktschen, der Ostjaken, Jakuten, und Samojeden, Jakugiren und Korjäken.

Gewaltige Ströme, deren Gebiete zu den imposantesten der alten Welt gehören, wälzen ihre Wassermassen von den oben genannten Bergzügen nach Norden, dem Eismeere zu. Es sind dies Ob, Lena und Jenissei, Indigirka und Kolyma.

Von Jekaterinenburg besteht ein großartiger Karawanen= verkehr nach Inner=Sibirien; sowohl nach dem Süden, nach Semipolatinsk, wie nach dem Norden, nach Tomsk, gehen gewaltige Warenzüge, die den Verkehr mit den Produkten vieler Länder vermitteln. Erst durch Landschaften, die die unserer Mark Brandenburg im Charakter ähneln, dann durch öde, steppenartige Heidegegenden, führt der Weg nach Omsk. Die Stadt liegt am Irtysch, dem größten Neben= flusse des Ob, in dessen linke Seite er sich ergießt. Die

*) Anm: Es sei hier bemerkt, daß der Baikalsee der größte Ge= birgssee der Erde ist.

Stadt hat 30000 Einwohner und bedeckt ein bedeutendes Areal, das dem Bremens nicht nachsteht. Die Häuser sind zum größten Teile noch Holzbauten. Aber das Regierungsgebäude und die Baulichkeiten in der alten, schon recht verfallenen Festung sind von Stein. Kirchen und Moscheeen findet der Besucher mehrere in Omsk. Letztere sind besonders für die Kirgisen errichtet, deren genug in der Stadt in Arbeit stehen. Von Omsk gelangt der Reisende in die Steppe, deren allgemeines Aussehen immer mehr einer Prärie ähnelt. Große Herden weiden auf dem Boden, der hier und da schon recht salzhaltig ist. Aber doch unterscheidet die Steppe sich von der Prärie Nord-Amerikas, denn die erstere wird oft in ihrer planen Fläche von großen Seeen unterbrochen, deren Ufer und Spiegel von zahlreichen Wat- und Schwimmvögeln belebt sind. Der Weg von Omsk führt längs der Verteidigungslinie entlang, die früher die Kosaken gegen die Kasaken oder Kirgisen zu schützen hatten. Die Kosaken sind alle Soldaten und sehen in ihren schmucken Uniformen, vortrefflich beritten, recht stattlich und echt militärisch aus.

Auch ihre Dörfer machen einen recht sauberen Eindruck, weit hübscher, als die meisten russischen. Die Kasaken sind Anhänger des Islam. Sie wohnen in halbkuppelförmigen Filzhütten, den sogenannten Jurten. Ueber die ganze Steppe hin findet sie der Reisende zerstreut und sie nehmen an Zahl zu, je näher der Weg an Semipolatinsk heran kommt. Gewaltig sind die Herden der Kirgisen. Sie werden von, zum Teil auf Ochsen berittenen, Hirten gehütet.

Semipolatinsk hat 9000 Einwohner, von denen 7000 Tartaren sind. Die Häuser sind fast ausschließlich von Holz, die breiten Straßen ungepflastert.

Weiterhin führt der Weg über die 400 Meter hohen

Arkatberge nach Sergiupol, das in südlicher Richtung liegt. Hier, in diesen Granitbergen, haust das Argali, ovis ammon. Es ist dieses Tier ein mächtiges Bergschaf, das so groß wird wie ein einjähriges Rind. Seine Hörner sind mächtig gewunden, werden über einen Meter lang, und das gewandte Tier ist nur sehr schwer zu erlegen. Vor Sergiupol führt ein beschwerlicher Pfad durch die völlig baumlose Steppe nach Lepsinsk am Nord=Fuße des Ala Tau. Am Fuße der Gebirge treffen wir wieder auf zahlreiche Herden, unter denen die von Kameelen und Fettschwanzschafen besonders die Blicke auf sich ziehen. Späterhin aber lösen den zuerst fruchtbaren Steppenboden öde Salzsteppen ab, in der eine eigenartige Tierwelt lebt. Am Ala Kul steht der Reisende staunend an dichten Rohrwäldern, deren Mächtigkeit dem Kirgisen Schutz gegen den Schneesturm des Winters verleiht. Endlich begrenzt eine ungeheure, scheinbar unab= sehbare Seefläche den Blick; im Süden liegt das Ala Tau vor uns.

Die Länge dieses Gebirges beträgt rund 300 Kilometer. Seine höchste Höhe erreicht die Zahl von fast 4000 Meter. Als wichtigster Seitenzweig zieht von ihm aus von Osten nach Westen die Kopalkette. Im Südwesten bilden die Alamankette und die des Altyn Imel eine Verlängerung des Hauptstammes. Der Hauptstamm des Alau Tau ist aus Granit aufgebaut. Große Schätze von Mineralien lagern in dem Schoße der Berge.

In dieser Gegend liegt die chinesische Grenzstadt Tschu= gutschak.

Wir machen nun einen Sprung hinüber zu dem berühmten Gebirge Altai. Es ist dies kein bestimmter, fest abgegrenzter Gebirgszug, sondern eine große Gruppe der verschiedensten Bergketten, welche zwischen dem oberen Irtisch und Jenissei in verschiedenster Richtung entlang streichen. Es wäre wohl korrekter, wenn statt des Namens Altai die Bezeichnung eingeführt würde: altaische Gebirge. Hier liegt das Quellgebiet des Ob, einer der mächtigsten Flußadern Westsibiriens. Die Ketten des Gebirges ziehen im Südteile von Westen nach Osten, im Nordteile aber im rechten Winkel dazu.

Der am meisten gegen Westen herausgerückte Teil der Gebirgsmassen ist der russische oder Kolywansche Altai. Es ist dies ein reich mit Erzen gesegnetes Gebirge. Hier befindet sich in einer Meereshöhe von 250 Meter der kleine Kolywansee, nach dem das Gebirge auch seinen Namen hat. Dieses Wasserbecken ist außerordentlich schön und lieblich, obwohl seinem Anblick völlig der Charakter des Großartigen abgeht. Die Ufer sind von mächtigen Granitfelsen umgeben und Bäume stehen auf diesen, die einen parkartigen Eindruck hervorbringen. Im Osten reihen sich an diese Abteilung des Altai höhere Gebirgszüge an. Wasserläufe in großer Menge finden sich zwischen ihnen und sondern sie scharf von einander ab. Im Katunjagebirge, dem wichtigsten all dieser Ketten, liegt der weiße Berg oder Bjelacha, der sich 3400 Meter hoch erhebt. Die vielen Flüsse, die das Altaigebirge durchfließen, geben der Landschaft ein lebendiges, stets wechselndes Aussehen. Das Klima hat schnelle Uebergänge vom Sommer zum Winter, und oft sinkt das Thermometer dann auf 50 Grad Celsius. Im Sommer herrschen häufig heiße Winde, die weithin die Landschaft austrocknen und so jede Spur der Vegetation vernichten. Die Bewohner des Altai sind Kalmücken. Diese bilden den westmongolischen Völkerzweig. In ihrer Religion sind sie dem Schamanentum ergeben.

Die südlichen Vorberge des Altai bestehen aus Granit und Porphir. Dort liegt das weltberühmte Bergwerksrevier.

Serianowsk, eine kleine Stadt von etwa 2500 Einwohnern,
ist der Hauptort des ganzen Bergbaubetriebes. Die Werke
dort ergeben Metalle vom Zinn hinauf bis zum Golde.
Nur Gold wird mit Waschmethoden dort gleich rein gewonnen,
die übrigen Roherze kommen nach Smeinogorsk oder Barnaul.
Dort sind große Hüttenwerke, wo die hüttenmännische Bearbeitung dann vor sich geht. Der jährliche Goldertrag
liefert etwa 150 Kilogramm. Die Bergwerke sind im Allgemeinen, was die Betriebsanlagen anbelangt, nach deutschem
Muster eingerichtet. Etwa 10 Meilen von diesem Orte entfernt, liegt die Erzlagerstätte Werchnei Pristor. Von dort
werden viele Roherze auf dem Irtysch weggeschafft. Die
Fahrt auf diesem Flusse gehört zu den schönsten, die man
überhaupt in Rußland machen kann. Die Felsufer bieten
mancherlei der reizendsten landschaftlichen und malerischen
Perspektiven. Sie sollen an Großartigkeit sogar die Schönheiten unseres herrlichen Rheinstromes übertreffen. Wenig
aber nur sind die Ufer bewohnt, denn der Blick des Reisenden trifft nur ab und zu auf ein kleines Fischerdörfchen.
Endlich gelangt der Schiffer nach Ust Kamenogorsk, das
zunächst das Ziel seiner Reise bildet. Von da führt der
Weg durch nach Hügelland Smeinogorsk. Es ist dies das älteste
Bergwerk des Altai, aber seit mehreren Jahrhunderten wird
dort kein Bergbau mehr getrieben, sondern es gelangen die
wo anders gegrabenen Erze dort nur zur Verschmelzung.
In dem nahe gelegenen Kolywan liegen, nicht weit von dem
oben genannten, gleichnamigen See, die große Kaiserlichen
Steinschleifereien, wo Marmor, Porphyr und Jaspis zu
Vasen, Spiegelrahmen und anderen Prunkstücken mit
Vollendung verarbeitet werden.
Von Koliwan führt der Weg durch eine sehr öde Steppe
nach Barnaul. Diese Stadt hat etwa 15000 Einwohner,

wissenschaftliche Anstalten und ist Hauptort des ganzen Alteilandes.

Wir haben wohl unseren Lesern nun schon einen etwas veränderten Begriff von dem sonst so verschrieenen Sibirien beigebracht, und es wird gewiß Mancher uns glauben, daß nach dem Geschilderten es ganz gut sich in Sibirien leben läßt, allerdings für den, der ein freier Mann ist und gehen kann wohin und wann es ihm beliebt. Doch das „schöne" Sibirien, dies wolle der Leser wohl bemerken, liegt hauptsächlich im südlichen und westlichen Teile des Landes; im Norden sieht es doch etwas anders aus.

Wer den Norden kennen will, der folgt am Besten dem Laufe der Gewässer. So wollen wir denn auf dem Ob im Geiste nach dem Eismeer zu fahren. An den Ufern des westlichen der drei großen Ströme Ob, Lena und Jenissei liegt Tomsk. Diese Stadt hat etwa 40 000 Einwohner und ist ein sehr wichtiger Handels= und Verkehrsplatz. Hier liegt die große Goldregion, die 1830 entdeckt wurde und die bis zur Auffindung des californischen Goldes mehr von dem edlen Metall lieferte, als ganz Amerika! Von dieser Stadt bis nach Tjumen besteht eine regelmäßige Dampferlinie deren Fahrzeuge trefflich eingerichtet sind.

Der Ob gelangt zu einer Breite von 3½ Kilometer. Von seinen großen Nebenflüssen sei nur der Irtysch genannt. Das Stromgebiet des mächtigen Flusses ist so groß, daß in Europa dafür kein Platz sein würde! Aber diese mächtige Wasserader wird nicht benutzt. Oede liegt sie selbst da, ebenso wie die fruchtbare Umgebung mit all den Schätzen einer reichen, gesegneten Natur. Inmitten der dichten Urwälder und der Tundren=Sümpfe liegt im hohen Norden am Flüßchen Sowa, nicht weit von dessen Einmündung in den Ob, die kleine Kreisstadt Beresow, die früher als wichtige Ver=

bannungsetappe benutzt wurde. An der Seite, die vom
Flusse entfernt liegt, dehnen sich gewaltige Nadelwaldungen,
zwischen denen Seeen und Sümpfe dahinziehen.

Die ganze Natur hier ist die des wildesten, rauhesten
Nordens. Acht Monate lang liegt Schnee, und bei — 45%
Celsius fallen oft genug erstarrt die Vögelchen aus der
Luft. Die Scheiben an den Fenstern zerspringen mit lautem
Knalle, und das Quecksilber wird zu einem biegsamen,
hämmerbaren Metall. Dabei ist das Wetter unbeständig,
und oft genug wüten entsetzliche, verheerende Stürme über
das Land dahin. Mensch und Tier graben sich dann tief
in den Schnee ein und harren geduldig auf das Ende des
Tobens. Die langen, finsteren Nächte wirken lähmend auf
jede geistige Thätigkeit des Menschen ein. Nur der flammende
Schein des Nordlichtes mit seinem Rasseln und Knattern
unterbricht bisweilen die Dunkelheit. Die Nadelhölzer mit
ihrem immerwährenden Grün sind die einzigen Beweise für
das Leben draußen in der Natur, das unter des Winters
eisigem Hauche völlig erstorben scheint.

Nahe an der Mündung des Ob liegt Obdorsk. Der
Strom wird, wenn die riesigen Schneemassen schmelzen,
immer breiter und breiter, so daß er schließlich wie ein
Meer seine Wogen dahinzurollen scheint.

Wenig östlich nur von der Mündung des Ob liegt dann
die des Jenessei. Nach den Forschungen Nordenskiölds ist
das Land an den Ufern dieses Stromes durchaus nicht eine
öde, unfruchtbare Steppe, sondern ein fruchtbares Weide=
land, dessen reiche Vegetation zahlreichen Herden Nah=
rung bietet.

Weiter südlich, in der Gegend von Jenisseisk, ist das
Land ebenso fruchtbar wie die besten Gegenden der skandina=
vischen Halbinsel.

Am oberen Jenisfei finden wir die Stadt Krasnojarsk.
Sie hat etwa 15000 Einwohner, schöne Häuser und an dem
Flusse zahlreiche Goldwäschereien. Jenisseisk hat 7000 Ein=
wohner, und oberhalb dieser Stadt mündet in den Ob die
obere Tunguska. Diese kommt aus dem gleich näher zu be=
sprechenden Baikalsee. Unweit der Stelle, an der sie den
See verläßt, liegt die bedeutendste Stadt Sibiriens, nämlich
Jrkutsk mit 35000 Einwohnern. Diese Stadt ist in ihrem
Leben und Treiben völlig westeuropäisch.

Der erwähnte Baikalsee ist einer der größten Süßwasser=
seeen der gesamten alten Welt. Sein Flächenraum beträgt
34000 Quadratkilometer, seine Länge 600, seine durchschnitt=
liche Länge 165 Kilometer.

Der einzige Abfluß des Seees wird von der oben er=
wähnten Tunguska gebildet, die auch den Namen Angara
führt. Das Gestade des Baikalsees zeichnet sich durch heiße
Quellen aus. Erdbeben und sonstige rege vulkanische Thätig=
keit sind damit in Verbindung zu bringen.

Nicht weit von diesen Quellen liegt eine russische An=
siedelung. Die Kolonisten dort fangen zur Winterszeit den
Zobel und betreiben auch die Eichhörnchenjagd. Am Seeufer
werden häufig genug Raubvögel beobachtet.

Die Unwohner des gewaltigen Seees verdienen es auch,
daß wir kurz mit ihnen uns beschäftigen. Neben dem Russen
finden wir dort Burjäten und Tungusen.

Die Burjäten gehören der mongolischen Rasse an. Bis
zur Einnahme Sibiriens durch die Russen waren diese Leute
sämtlich dem Schamanentum ergeben. Die Schamanen=
oder Zauberpriester sind aber mit gewöhnlichen Betrügern
dieser Art nicht in einen Topf zu werfen. Fest glauben
sie, daß ihre Lehren und Ideen richtig sind und begeistert
wirken sie unter ihrem Volke. Gegen das Ende des

17. Jahrhunderts gewannen Christentum und Buddhismus
Eingang. Die Burjäten sind arbeitsscheu, phlegmatisch und
störrisch. Sie haben durch die Russen Tabak und Alkohol
kennen gelernt und huldigen nun diesen beiden Genüssen
mit außerordentlichem Eifer. Obwohl die Burjäten faul
sind und auch diebische Neigungen besitzen, so kommen doch
Morde und Raubanfälle bei ihnen gar nicht vor. Zum Teil
sind sie jetzt erfolgreiche Ackerbauer geworden und auch
Handwerke erlernen sie mit Lust und Begabung von den
Russen. Die der griechischen Kirche angehörenden Burjäten
sind noch heute oft genug dem Schamanentum ergeben. Aber
doch kann diese, nur auf mündlicher Ueberlieferung beruhende
Lehre auf die Dauer nicht mehr dem wohlorganisierten
Christentum und dem Buddhismus erfolgreiche Concurrenz
bereiten. Die Geistlichen letzter Religion zerfallen in drei
Weihestufen in Sibirien. Die beiden ersten davon haben
für ihre Angehörigen die Bezeichnung Lama. Die Priester
sind im Allgemeinen hervorragend unwissend und nicht im
Stande — oder doch nur in seltenen Fällen — die in
tibetanischer Sprache verfaßten „heiligen Bücher" zu lesen
und zu verstehen. Aber trotz seiner Unwissenheit hat dieses
Priestertum mit wildestem Fanatismus der Einführung des
Christentums genug Schwierigkeiten bereitet. Die sittliche
Stufe, auf der die Lamapriester stehen, ist eine außerordentlich
tiefe.

Am Nordwest-Ufer des Baikal wohnen die Tungusen,
die geistig weit über den Burjäten stehen. Sie bilden ein
fröhliches und intelligentes Jägervolk, das von frühester
Jugend an mit den wilden Tieren im grimmigsten Kampfe
liegt. Hunger und Durst, Kälte und alle Not wilden Wald-
lebens erträgt der Tunguse lieber, als daß er in russische
Dienste träte. Die Kleidung dieser Waldjäger ist leicht und

geschmackvoll. Der frei geborene und frei lebende Mann aber behandelt dort seine Gattin recht sklavisch. Sie muß die Hütte und das Vieh besorgen und um alle Lebens= bedürfnisse sich kümmern.

Die meisten Tungusen sind bereits Christen. Aber die Taufe ist für sie nur eine äußere Form, die sie in Gegen= wart von Russen ausüben. Draußen im Walde treiben sie stets ihren schamanischen Götzendienst.

Das Land östlich des Baikal heißt Transbaikalien. Seit dem Jahre 1851 bildet es eine Provinz, deren Haupt= statt Tschita ist. Eine wichtige Handelsstraße führt durch das Thal der Selenga in die chinesische Mongolei. Thee= und Rhabarberkarawanen kommen dort in Menge entlang. An der Grenze verkehren die beiden Nationen gut und gesellig mit einander.

Transbaikalien wird vom Stanowoigebirge in der Richtung von Süd nach Nord durchzogen. Am Fuße dieser Höhen liegt Nertschinsk. Es ist dies die Hauptstadt des Bergdistriktes, in dem zahlreiche Gold= und Silberminen sich befinden.

Aber eine größere Bedeutung für Rußland hat das Amurgebiet, das im Osten sich an Transbaikalien anschließt. Dieses Gebiet ist etwa 625000 Quadratkilometer groß und besitzt durchgängig fruchtbaren und kulturfähigen Boden.

Die Hauptstadt dieses Landstriches ist Blagowjeschtschensk am Amur. An dessen Mündung liegt Nikolajewsk. Der wichtigste Platz des Landes liegt im Süden, es ist Wladiwostok, auch eine Küstenstadt.

Das ganze Gebiet bewässert der Amur und seine Neben= flüsse. Bis zur Mündung der Seja ist er für nicht allzu große Schiffe fahrbar, das heißt auf einer Gesamtstrecke von über 800 Kilometer.

Das Amurgebiet ist auf allen Seiten von Gebirgen eingeschlossen und auch mehrfach von solchen durchsetzt. Im Norden zieht in westöstlicher Richtung der Stanowoirücken dahin. Im Westen verläuft der Große Chingau, im Süden der Tschanboschan als Grenze. Im Osten trennt es der Sichota Alyn vom Meere ab. Das Klima des ganzen Gebietes ist ein kontinentales, d. h. der Sommer ist sehr heiß und der Winter kalt. Europäische Getreidearten und Wein gelangen noch zur Reife. Im Juli setzt ziemlich regelmäßig eine Regenperiode mit Hochwasser ein. Dieses bringt so viel Feuchtigkeit in die Athmosphäre, daß das Land recht schöne Wälder hervorgebracht hat. Alle möglichen Laub- und Nadelhölzer gelangen in diesen Gebieten zur Entwickelung, und wir finden wahre Baumriesen dort. Auch der wilde Wein trägt reichliche Frucht. Eine gewaltige Ueppigkeit zeichnet alle Grasarten aus.

Die Flora der warmen und gemäßigten Zone findet sich gemischt in den Amurgebieten vor, und dasselbe ist bei der Fauna der Fall. Panther, Tiger, Luchs und Vielfraß, sowie Wolf, Bär, Zobel und viele andere Tierarten kommen vor. Reichlich findet in den gewaltigen Amurwäldern der Pelzjäger seine Rechnung, denn Alles wimmelt dort von Pelztieren der mannigfachsten Art. Hirsch, Reh, Elen- und Moschustier kommen vor, und über 200 Arten Vögel giebt es im Lande. So angenehm für den Bewohner des Landes der ungeheure Fischreichtum der Flüsse und Seen ist, so fürchterlich ist die Fliegen- und Mückenplage für ihn. An vielen Stellen wird Gold gefunden, Eisen ebenfalls und auch Arsenik; Kalk, Asphalt, Marmor und Alabaster kommen vor, auch Steinkohlen, wenn auch nur in geringer Qualität.

Eigentliche fahrbare Straßen giebt es in dem Lande

noch sehr wenige, und der Verkehr wird ausschließlich fast mit Hülfe der Gewässer bewältigt.

Eine „Amurdampfschiffsgesellschaft" und die Regierung besorgen die Schifffahrt. Von den Küsten des Stillen Ozeans führt eine Telegraphenlinie nach Europa.

Die Besiedelung des Landes mit russischen Kolonisten stieß s. 3. auf sehr große Schwierigkeiten.

Die Bewohner waren eben Nomaden, die Alles, was sie brauchten, selbst sich herzustellen gewohnt waren. Dabei war das Land dünnbevölkert, öde und bot bei seinen ungeheuren Entfernungen und dem ungünstigen Klima herzlich wenig Handhaben für die Kolonisationsarbeit.

Dennoch sind Erfolge nicht weg zu leugnen. Die materielle Lage des Landes ist sogar fraglos als eine günstige zu bezeichnen.

Besonders rasch entwickelt sich die kaum zwanzig Jahre alte Stadt Wladiwostok. Schöne russische Kirchen und echt russische Häuser erheben sich dort. Die meisten Einwohner der Stadt sind Chinesen, Russen hauptsächlich die Soldaten und Matrosen. Frauen sind in Wladiwostock nur wenige.

Dem nördlichen Küstenlande und der Amurmündung ist die große Insel Sachalin oder Karafto vorgelagert. Sie gehört Rußland und wird dort auch als Deportationsort benutzt.

Die Insel ist 950 Kilometer lang. Ihre höchste Breite beträgt 140 Kilometer, ihre geringste 25. Der Gesamtflächeninhalt macht 58000 Quadratkilometer aus. Die Nähe des Ochotskischen Meeres verändert das an sich gute Klima sehr im ungünstigen Sinne. Die Temperatur ist meist eine sehr niedrige, und der Wassergehalt der Luft ein recht hoher.

Die ganze Insel durchzieht ein Gebirge, von dem die nur kurzen Flüsse herabkommen.

Unter den Produkten, welche die Insel liefert, nehmen die erste Stelle die Steinkohlen ein. Die großen Waldungen der Insel können mit der Zeit nutzbar gemacht werden. Jetzt durchstreift sie nur der Jäger auf seiner Suche nach Pelztieren.

Fischfang, Jagd und Robbenschlag müssen der Bevölkerung den Lebensunterhalt liefern, denn der Ackerbau lohnt nicht die darauf verwendete Mühe. Gemüse gedeiht, und auch die Viehzucht lohnt sich.

Die Bevölkerung bilden etwa 3000 Russen, die fast alle Soldaten sind, dann ebensoviel Chinesen, und die Eingeborenen, die Giljaken und Aïno.

Den ganzen Nordosten Sibiriens bewohnen die Nomadenvölker der Jakuten, Jukagiren, Korjäken und Tschuktschen. Der Hauptstrom dieses Gebietes ist die Lena, d. h. Großmutter. Sie mündet, nachdem sie bedeutende Nebenflüsse aufgenommen hat, in das nördliche Eismeer. Ihre Mündung ist ein Delta. Letzterem vorgelagert treffen wir die Ljächow'schen Inseln. Diese enthalten mächtige Lager fossilen Elfenbeins. Die riesigen, untergegangenen Elephantenarten, das Mammuth und das Mastodon, haben ihre gewaltigen Stoßzähne dort im Eise der Nachwelt erhalten. Ja, es fanden sich sogar Kadaver jener vor Jahrtausenden zu Grunde gegangen und im ewigen Eise eingebetteten Tierriesen vor, und deren Fleisch war so wohl erhalten, daß die Hunde der Tschuktschen, die den wunderbaren Fund thaten, ein köstliches Mahl halten konnten.

Die riesigen Elfenbeinlager dort sind wiederholt von Schriftstellern als Hintergrund für Romane verwendet worden.

Dort tauchen auch aus dem Eismeere die pflanzen- und tierleeren, völlig unbewohnten Neusibirischen Inseln auf.

Das östlichste Ende Sibiriens, nach der Behringsstraße zu,

ist die Tschuktschenhalbinsel. Das größte Gewässer dort ist der Anadyr, der in das Beringsmeer fließt.

Unter all den nomadisierenden Völkern dort sind die bedeutendsten die Tschuktschen, Korjäken und Jakuten.

Ueberall dort stehen die Schamanen noch in höchstem Ansehen und üben begeistert ihre Zauberkünste aus.

Die Korjäken ähneln im Aeußeren den Rothäuten Nord= amerikas, unterscheiden sich aber von diesen auf das Vor= teilhafteste durch ihre milde, fast zarte Gemütsart.

Die Jakuten sind das einzige der Urvölker dort, dessen Zahl zunimmt, während die der anderen in stetem Abnehmen begriffen ist. Die Jakuten besitzen neben einer eisenfesten Gesundheit eine große Geschicklichkeit im Anfertigen me= chanischer Arbeiten, die sie den Russen absehen, wie z. B. den Bau des Holzhauses.

Die Halbinsel Kamtschatka ist derjenige Teil der Nordostküste Sibiriens und überhaupt Asiens, der durch seine sehr vulkanische Natur am meisten ausgezeichnet ist. Trägt er doch sogar den höchsten Vulkan Asiens, den Kljut= schewskaja Sopka. Auf der ganzen Halbinsel bis auf die im Meere vorgelagerten Inseln hinaus finden wir die Vulkane in Reihen angeordnet.

Der bedeutendste Ort der Halbinsel ist Petropawlowsk. Das Klima ist ein sehr schönes, so daß Kennan hoch ent= zückt davon ist.

Die Bewohner der Halbinsel, die Kamtschadalen, sind kleine, zierliche Leute, die als gewandte Fischer mit dem Jagdspieße manche Beute machen. Sie sind Christen, und in ihren Wohnungen ist es sauber und zierlich. Dorthin wirft bereits Amerika seine Schlaglichter.

Nun kennen wir Sibiriens Land und Leute in groben

Umrissen und wollen uns von jetzt an der Führung der kühnen Reisenden Kennan und Frost anvertrauen, um dies und das in dem gewaltigen Lande genauer zu betrachten.

---

# Zweites Kapitel

## Kennans Reiseantritt.

Die Expedition zur Erforschung Sibiriens, welche von der amerikanischen Zeitung „Century Magazine" ausgesendet wurde, reiste am 2. Mai 1868 von New-York nach Europa, Liverpool, ab. Der Führer der Expedition war Georg Kennan, und sein sämtliches Personal bestand aus seinem Reisegefährten Frost, einem Maler aus Boston. Beide Reisende sprachen russisch, kannten schon Teile von Sibirien, und Kennan hatte sogar bereits drei Reisen in Rußland gemacht. Zwischen den Gefährten hatte sich auf gemeinsamer Arbeitsreise im Dienste der russisch-amerikanischen Telegraphen-Gesellschaft in Sibirien, wo beide Mühen und Gefahren teilten und mit dem sibirischen Reiseleben völlig vertraut wurden, eine innige Freundschaft gebildet. Die Reisenden besaßen große Vollmachten und reichliche Mittel, so daß sie ruhig an ihre Arbeit gingen, deren Umfang und Mühe sie sich voll bewußt waren.

„Wir kamen," erzählt Kennan, „am 10. Mai nach London. Vier Tage später reisten wir über Dover, Ostende, Köln, Hannover, Berlin, Eydtkuhnen nach St. Petersburg. Da die Jahreszeit schon vorgeschritten war, so strebten wir nach möglichst baldiger Ankunft in Sibirien, um dort noch in günstigen Witterungsverhältnissen reisen zu können. Wir beabsichtigten daher, nur 5 Tage uns in der Hauptstadt aufzuhalten. Aber wir waren gerade in eine Reihe von Festtagen hineingeraten und so mußten wir denn 10 Tage verweilen, konnten aber nur an vieren unsere Geschäfte abwickeln.

Zunächst gab ich meine Empfehlungsbriefe bei einem Herrn Wlangalli ab, der Sekretär im Ministerium für auswärtige Angelegenheiten war. Ich teilte diesem Herrn mit, daß ich doch sicher im Interesse der russischen Regierung handeln würde, wenn ich, wie ich es schon öfter gethan hatte, günstige Darstellungen über das „Verschickungswesen" nach Sibirien veröffentlichte. Es war dies thatsächlich damals meine Absicht, und ich gewann durch meine Darstellungen auch allem Anscheine nach die Gunst des Herrn Wlangalli.

Nachdem wir Beide etwa zwanzig Minuten mit einander verhandelt hatten, meinte der Ministerialsekretär, daß die Erlaubnis, nach Sibirien in der bezeichneten Absicht zu reisen, uns wohl gewährt werden würde. Er selbst wolle uns einen offenen Empfehlungsbrief für die sibirischen Gouverneure mitgeben und uns noch ein weiteres Empfehlungsschreiben vom Minister des Innern verschaffen. Als ich fragte, ob wir die Gefängnisse würden besichtigen dürfen, verneinte Herr Wlangalli dies und setzte hinzu, daß die dazu gehörige Erlaubnis von den jedesmaligen Gouverneuren abhinge. Ob wir die Erlaubnis erhalten würden, konnte er nicht bestimmt angeben. Ich nehme an, daß die Regierung, um uns unter Aufsicht zu behalten, uns keine direkten Vollmachten anvertrauen und die Gefängnisräume unseren Blicken nur nach der jeweiligen Situation öffnen wollte. Ich mußte mir ja sagen, daß auf diese Weise manche Schwierigkeit uns erwachsen würde, wollte aber weitere Bitten, als offenbar fruchtlos, nicht versuchen, sondern dankte für das freund= liche Entgegenkommen und zog mich zurück.

Einige Tage später hatte ich wieder mit Herrn Wlangalli eine Unterredung, bei der ich die Empfehlungsbriefe erhielt. Gleichzeitig bat mich der Beamte in Moskau den Heraus= geber der „Moskauer Zeitung", Herrn Katkoff zu besuchen. Ein verschlossener Empfehlungsbrief an Baron Buhler, kaiserlichen Archivar in Moskau, sollte mich bei Katkoff ein= führen. Ich wußte, daß letzterer stets für die Autonomie des Czaren arbeitete, und so erriet ich bald den Grund, aus dem ich ihn besuchen sollte. Seine Persönlichkeit sollte wahrscheinlich meine günstige Voreingenommenheit für sibirische Verhältnisse stärken und mich dem Einflusse der Nihilisten entziehen. Es war damit eine völlig überflüssige Maßnahme vorbereitet, denn ich hatte über die Nihilisten und ihre Bestrebungen eine sehr ungünstige Meinung.

Ich möchte von vornherein dem naheliegenden Verdacht entgegentreten, als hätte ich den russischen Beamten gegen= über mit meiner wahren Meinung zurückgehalten: ich bekam weder durch Täuschung noch durch falsche Vorspiegelung die Erlaubnis zur Reise. Meine Meinung ist heute nur auf Grund der ergreifenden Thatsachen, die ich mitangesehen und erlebt habe, eine andere geworden.

Wir schafften uns nun Bücher, Karten und einen photographischen Apparat an, besorgten uns ca. 50 Em= pfehlungsbriefe an alle möglichen Lehrer und Beamte in den Provinzen Sibiriens und reisten endlich am 31. Mai nach Moskau ab. Die Grenze Sibiriens liegt von der Hauptstadt etwa 2570 Kilometer ab. Die gewöhnliche Reise= route, die auch von den Verbannten benutzt wird, geht über Moskau, Nischnii-Nowgorod, Kasan, Perm und Jekaterinen=

burg. Die russische Eisenbahn führt nach Osten nur bis
Nischnii-Nowgorod, bis Perm fahren im Sommer auf der
Wolga und Kama Dampfschiffe. Von Perm geht wieder
Eisenbahn nach Jekaterinenburg: so wird der Ural passiert
und die Wolga mit dem Ob verbunden.

Sobald wir in Moskau angekommen waren, gab ich
mein Empfehlungsschreiben an den Baron Buhler ab. Dieser
ging mit mir sofort auf die Redaktion, aber dort erfuhr ich,
daß Katkoff verreist und erst in 3—4 Wochen wieder daheim
sein würde. Wir konnten natürlich nicht so lange auf ihn
warten, und so fuhren wir denn mit der Eisenbahn nach
Nischnii-Nowgorod. Am 4. Juni langten wir in den frühen
Morgenstunden dort an.

Wer zum ersten Male nach der Wolgaseite zu auf die
Stadt zuschreitet, der empfängt einen seltsam fesselnden
Eindruck. Die Straßen sind gut gepflastert und reinlich ge=
halten, stattliche Bäume grünen in Menge an den Wegen,
prächtige Gebäude, ein hoher Wasserturm und ein Kanal,
den schöne Brücken überspannen, Börse, Theater und Handels=
plätze geben der Stadt den Charakter eines bedeutenden
Marktortes. Aber eins fehlt: die Menschen!

In den Bäumen singen ungestört die Vögel, die Läden
sind geschlossen, und keine Kirchenglocke mahnt zur Arbeit
oder Ruhe. Staunend durchschreitet der fremde Wanderer
die öden Straßen; nirgends begegnet ihm ein menschliches
Wesen. Es ist wahrlich zum Erstaunen, daß eine so große,
prächtige Stadt entstehen konnte, nur um drei Monate dem
Meßverkehr zu dienen, denn die übrigen drei Viertel des
Jahres liegt sie öde.

Die eigentliche Meßstadt liegt auf einer Halbinsel,
die durch den Zusammenfluß der Oka und Wolga gebildet
wird. Die Stadt kann man mit einem riesigen Handels=

hause vergleichen, in dem alljährlich eine halbe Million Kaufleute sich zusammenfindet, um ihre Waren dort umzutauschen. Im September hat die Stadt 100 000 Einwohner, und für etwa 75 Millionen Dollars Warengüter liegen in ihr. Im Jahre 1868 sah ich die Stadt zum ersten Male. Es war eine klare Januarnacht, als ich dorthin kam, und alles war rings öde und leer. Auf den Kuppeln der Moscheen lag unheimlich schweigend das Mondlicht, und es glitzerte wieder in den Schneemassen, die der Wind auf den öden Straßen und Plätzen zusammengeweht hatte. Mir war, als hätten die Geister des Nordpols den Menschen vertrieben und dann die öde Stadt besetzt.

Als ich dann im Jahre 1870 wieder hierherkam, war Messe, und nun bot ein völlig anderes Bild sich unseren erstaunten Blicken dar.

Auf dem Flußhafen ragte ein wahrer Mastenwald empor, und gellend tönten die Pfeifensignale der Dampfer, die auf dem Wasserspiegel hin und her schossen. Ungeheure Warenvorräte lagerten in den mächtigen Speicherräumen. Ueber die Schiffbrücke wälzte sich ein ununterbrochener Strom von Fußgängern, Militär- und Operettenmusik erschallte.

Die Stadt hatte im Allgemeinen genau das Aussehen wie zur Zeit meines ersten Besuches, aber neues Pflaster und stattliche Neubauten fand ich in den Straßen.

Die Altstadt von Nischnii-Nowgorod ist befestigt und sie bietet einen recht malerischen Anblick dar. Fast unvermittelt steigt beinahe senkrecht das Ufer aus dem Wasser auf. Die Wege führen zwischen den Bastionen und über weißleuchtende Terrassen hinauf, und aus dem satten Grün der Baumkronen schauen, im Sonnenlichte glänzend, die vergoldeten Kuppeln der Kirchen und Klöster hervor.

In allen Farben leuchten die Kirchenkuppeln, bis zum

Wasser hinunter reicht das frische Grün, und bunte Wimpel
wehen auf den Schiffen: so kommt im Glanze der Junisonne
ein Bild zu Stande, das im nördlichen Rußland thatsächlich
einzig dasteht.

Nach der Wolga zu liegt auf einer Anhöhe der Kreml,
die Citadelle der Stadt. Mächtige, von Zinnen gekrönte
Mauern, gewaltige Türme und gewölbte Thorbogen wecken
bei der Betrachtung in uns lebhaft die Erinnerung an längst
untergegangene Zeiten und Geschlechter.

Noch um das Jahr 1500 galt diese Festung als unein=
nehmbar, und an ihren mächtigen Mauern ist manche Tar=
tarenhorde zerschellt. Aber als im 16. Jahrhundert die
Unterjochung der wilden Reiterstämme gelang, ließ man
das alte Vollwerk nach und nach verfallen. Die Mauern
waren besonders fest und massiv und erscheinen stärker noch
als die am Moskauer Kreml. So haben sie denn dem
Zahne der Zeit erfolgreichen Widerstand geleistet. Aber die
Türme, die früher fast hundert Fuß hoch waren, sind in
Ruinen gesunken.

Kurze Zeit, nachdem wir gelandet waren, fuhren wir
nach dem Hotel, das in dem oberen Teile der Altstadt lag
und gingen dann, am Kreml vorüber, dem Ufer zu. Zwischen
der Anhöhe, auf der Altstadt und Kreml liegen, und dem
Flusse dehnt sich ein schmaler Landstreifen, der der „Untere
Bazar" heißt. Hier treffen wir auf zahlreiche Gebäude vom
seltsamsten Aussehen. Aermliche Hütten lehnen sich an
prachtvolle, moderne Warenhäuser, und die Trödelbude steht
neben dem Hôtel und der Millionenbank. Plötzlich ragt
auch vor unserem verwunderten Blicke eine der alten be=
malten, russischen Holzkirchen. Vom Flusse bis hinauf zur
Anhöhe stehen lauter Kramladen, in denen so ziemlich Alles
feilgehalten wird, was die bewohnte Erde hervorbringt:

Stecknadeln und Holzkämme, getrocknete Pilze und Schiffs-
anker, Domglocken und Dampfmaschinen, u. s. w. u. s. w.
Am ganzen Ufer entlang sind Landungsbrücken für die zahlreichen Dampfschiffe angebracht. Fast alle Stunde gehen
von hier Dampfer bis zur unteren Wolga, ja bis zum
Kaspischen Meere hinunter. Mächtige schwarze Barken werden
von Arbeitern aus der Tartarei ihres Inhaltes entledigt.
Kleine einspännige Wagen aus Holz, sogenannte Telegas,
die wie Fässer auf vier Rädern aussehen, führen die Waren
fort. Den ganzen Tag ist die staubige Landstraße von
Wanderern, von Kaufleuten, Pilgern, Bauern und — Strolchen
belebt.

Selbst die Kinder in dieser Stadt handeln schon. Ich
habe einen kleinen neunjährigen Jungen beobachtet, der eine
Schnur getrockneter Pilze mit einer Gewandtheit und
Wichtigkeit ausbot, als handele er mit Diamanten.

Höchst interessant sind in dem Gedränge des Marktes
auch die vielen bunten Volkstrachten, die der Fremde dort
zu sehen bekommt. Dort geht ein dunkelhäutiger Tartar
mit runder Mütze und langem Kaftan; ihn drängt ein
Muschik, ein russischer Bauer bei Seite, der in einen
schmutzigen Schafselrock gekleidet ist, und dessen Beine in
grobe Leinwand, mit Schnuren umwickelt, sich hüllen, während
die Füße in geflochtenen Bastschuhen stecken. Mönche mit
langem Kopf- und Barthaare betteln um milde Gaben für
ihr Spital oder ihre Kirchen. Sie halten statt eines Tellers
zum Empfange der Spenden ein Brett hin, daß einen
schwarzen Sammetüberzug trägt. Um den Hals haben sie
an einer Schnur eine Zinnbüchse, aber mit einem Vorlege-
schlosse wohl verwahrt, zur Aufnahme des Geldes hängen.
Dann drängen sich wieder Hausierer durch die Menge, die
ihren Bauernschnaps, Kwas, Meth und erfrischende Getränke

feilbieten. Und über all dem Treiben, das die Groß= und
Kleinhändler aus dem Wolgagebiete noch vermehren, liegen
der brausende Lärm, den all die vielen ausbietenden Stim=
men hervorbringen.

Das Auffallendste beim Betreten des südöstlichen Ruß=
lands ist der gewaltige Handel des Landes, der aus dessen
ungeheueren Hülfsquellen sich entwickelt hat. In Nischni=
Nowgorod ist der Fluß meilenweit mit Schiffen bedeckt, so=
daß ein eigenes Gericht zur Regelung des Verkehres ein=
gesetzt worden ist. Der Dampferverkehr auf der Wolga ist
bedeutender, als der auf dem Mississippi. Fast 200000
Schiffsleute finden auf der 7000 Schiffe zählenden Wolga=
flotte ihre Nahrung.

Nachdem wir so gut es in der kurzen Zeit, die uns zu
Gebote stand, möglich, Alles in Augenschein genommen hatten,
bestiegen wir am 6. Juni, Sonntag Morgens den Dampfer
zur Fahrt nach Perm.

So wie der Nil für Aegypten die unerschöpfliche und
unersetzliche Verkehrsader ist, so läßt sich dasselbe für die
Wolga sagen. Mit ihr ist des Landes Geschichte auf das
Innigste verbunden, auf das ganze Leben der ostrussischen
Völker hat sie ihren Einfluß ausgeübt, und heute noch tragen
ihre Wellen Glück und Unglück für mehr als 10 Millionen
Menschen. Die Länge des Flusses von der Waldaianhöhe
bis zum Kaspischen Meere mißt etwa 3700 Kilometer, die
Breite unterhalb Zarizyn beträgt bei Hochwasser mehr als
48 Kilometer. Beim Hinüberfahren von einem Ufer auf
das andere verliert der Schiffer das Land außer Sicht, als
wäre er auf dem Ozean. Die Wolga durchfließt neun
Provinzen des unendlichen, russischen Reiches und 39 Städte
sowie mehr als 1000 Dörfer liegen an ihr. Der wichtigste
Teil des Stromes liegt zwischen Nischni=Nowgorod und der

Mündung des Kama. Dort verkehren in der großen Ge=
schäftszeit 450 Dampfer. Ueberall herrscht reges Leben auf
dem Strome, der von Fahrzeugen, die mit Gütern reich
beladen nahen, bedeckt ist.

Die Ufer der oberen Wolga sind malerisch und
wechselvoll, obwohl der Strom hier eine Ebene durchfließt.
Das linke Ufer freilich gewährt nichts Fesselndes, aber das
rechte erhebt sich 4—500 Fuß über den Wasserspiegel. Ab
und zu sendet es Vorgebirge in den Strom hinein, die
dann kleine Seen absondern, auf deren regungslosem Wasser
sich das Laub des Urwaldes spiegelt. Auf den Hügel liegt
da und dort eine Kirche mit weißgetünchten Mauern und
vergoldeten Kuppeln, und um sie herum ragen die Holz=
häuser des Dorfes mit zierlich geschnitztem, bunt bemaltem
Giebel. Auch schaut wohl einmal ein einsames Kloster, das
in halber Höhe an die Anhöhe sich anschmiegt, aus dichtem
Laube heraus. Zuweilen gleitet das Schiff auch mitten
im breiten Wasser dahin, und die Ufer ziehen dann als
prächtige Panoramen vorüber. Dann wendet, um eine
Sandbank zu umfahren, das Schiff einmal dem Ufer zu,
und nun wird ein Dörfchen ganz nahe in den Gesichtskreis
der Reisenden gerückt. Die Bauernmädchen lachen und
winken dem vorübergleitenden Schiffe Grüße mit einem
Tuche zu, und auf dem Rasen vor der Kirche sonnt sich
ein Muschik, froh des Feiertages. Aber das Bild ver=
schwindet bald, und unser Schiff fährt wieder in die Wild=
nis hinein: rechts und links bedecken sich die Ufer mit
dichtem Wald.

Wir beobachteten alle diese wechselnden Bilder von Deck
aus, so lange wir sehen konnten. Die frische Luft erfüllte
der Duft von Wiese und Wald, wie ein Silberband breitete
sich der mächtige Strom zwischen seinen Ufern. Und durch

die Dunkelheit klang von Fern her das Lieblingslied der russischen Schiffer:

„Hinab die Mutter, die Wolga."

Wir tranken in der behaglichen Kajüte einige Becher köstlichen Thees und machten uns dann mit unsern Decken und Kissen auf den langen Lederbänken, die den Fußboden wie in einem Eisenbahnwagen bedecken, ein Lager zurecht, auf dem wir köstlich schliefen.

Früh um 5 Uhr wurde ich durch das schrille Pfeifen des Dampfers munter. Die Maschine stoppte, und bald begann über uns ein mächtiges Getrampel. Ich nahm an, daß wir nun wohl in Kasan wären, und ging an Deck. Die Sonne war längst aufgegangen, und wie ein silbernes Band lag der Strom zwischen dem Schiffe und der Anhöhe. An der Ostseite sah ich einige Landungsplätze, wie sie an der ganzen Wolga nicht fehlen: schwarze Schiffsrümpfe mit gelben Dächern. Neben ihnen lagen mehrere Dampfer, deren Flaggen lustig im Winde flatterten. Hinter ihnen sah ich einige bunt bemalte Holzhäuser, und ganz im Hintergrunde lag die Stadt mit Mauern, Türmen, Minarets und Kuppeln, bunt wie ein Bild im Märchenbuche.

Vor meinen Augen hatte ich die altberühmte Tartaren=stadt Kasan.

Vor Jahrhunderte wurde Kasan noch von der Wolga bespült, jetzt liegt die Stadt durch Flußbettveränderung einige Kilometer davon ab.

Während unser Schiff am Ufer lag, besah ich die Häuser, die ich schon vorhin erwähnte. Da sah ich denn die selt=samsten Farbenzusammenstellungen: ein schokoladenfarbiges Haus mit gelben Fensterladen und grünem Dach, ein blaues mit glänzendem Blechdach, ein scharlachrotes, violett gedeckt, orangefarben mit olivgrün, dunkelblau, hellblau, rot, grün,

3*

gelb u. s. w. Ein großes, dreistöckiges Haus zeigte alle
möglichen Farben.

Um die siebente Stunde kamen die Mitreisenden aus
Kasan angefahren. Um acht war alles eingeschifft, die Ab-
fahrtssignale ertönten, die Taue wurden gelöst und bald
waren wir wieder auf der Reise.

Es war Sonntagmorgen, und es herrschte schönes, klares
Wetter. Deshalb waren wir die meiste Zeit über an
Deck und freuten uns über den schönen Sonnenschein und
Duft, der von den bewaldeten Ufern der Hügel hinüber-
kam. Wir machten Notizen und skizzierten auch die eigen-
artigen, echt russischen Boote, die an uns vorüber fuhren.

Hier nahte ein gewaltiger Schlepper mit vier großen,
schwarzen Barken hinter sich; da kam ein Kettendampfer,
und schließlich, als das Wunderlichste, ein Riesenfloß von
500 Fuß Länge und 100 Fuß Breite. Es war ein voll-
ständiges, russisches Dorf darauf. Holzhäuser mit zierlich
geschnitzten Giebeln. Sie sollten in den holzarmen Gegenden
am Kaspisee verkauft werden. Die Bevölkerung dieses
schwimmenden Dorfes saß, mit roten Hemden und blauen
Kleidern angethan, um ein loderndes Feuer und labte sich
an Thee. Es kam mir so vor, als wäre ein Bauerndorf
vom Strome losgerissen und triebe nun auf diesem davon.
Vom rechten Ufer klang das Geläut von Kirchenglocken
herüber; ab und zu glitten sechsruderige Lodkas*) an unserm
Dampfer vorbei, in denen geputzte Männer und Frauen zur
Kirche fuhren.

Um elf Uhr etwa fuhren wir in die trübe, reißende
Kama ein, die wir nun stromaufwärts zu fahren hatten.
Dieser Fluß entspringt im Ural, an der sibirischen Grenze,
fließt nach Südosten zu und mündet etwa 80 Kilometer

---

*) Breite Kähne.

unterhalb Kasans in die Wolga. Hier schienen Land und Leute, Schiffe und Landungsplätze völlig anders, wie an der Wolga, viel ursprünglicher und fremdartiger. Das Ufer war weniger bevölkert, aber viel waldiger, als das der Wolga. Die hübschen, weißen Kirchen= und Klostermauern fehlten hier vollkommen; die Boote sahen noch recht primitiv aus, wenn auch ihre Masten spiralförmig rot und blau be= malt waren und an der Spitze goldene Sonnen trugen, und zierliche Geländer um den Vorderrand liefen. Die Bauern waren in Sonntagstracht, aber diese war so bunt und fremd= artig zugeschnitten, daß man wohl den Mangel westeuro= päischen Einflusses sehen konnte.

Unsere viertägige Fahrt auf der Kama bot nichts ge= rade Besonderes, doch war sie sehr angenehm, denn das Wetter war schön, und die Landschaft fesselte durch ihren wildromantischen Charakter. Die Bäume am Ufer standen in voller Lenzespracht, und ihre tief herabhängenden Zweige streiften oft genug unser Verdeck. Wiesen und Waldlichtungen waren voll der schönsten Blumen, als wären sie damit be= sät. Wo das Schiff anhielt, boten Bauernkinder große Mai= blumensträuße feil, so daß unser Speisesaal stets von dem würzigen Dufte durchzogen war. Nichts ließ uns ahnen, wie nahe Sibirien war, sondern das warme und heitere Wetter mahnte uns vielmehr an das Klima Kaliforniens. Wir hörten sogar nach Sonnenuntergang die Nachtigall schlagen. Bei dem windstillen Wetter ließen manche Reisen= den die Samowars an Deck bringen und saßen, Thee trin= kend und Cigarretten rauchend in der köstlichen Nachtluft, bis der letzte Dämmerschein verblichen war.

Am Mittwoch, den 10 Juni, schieden wir in Perm von dem kleinen Dampfschiff „Alexander".

Perm, die Hauptstadt der gleichnamigen Provinz, hat

etwa 32 000 Einwohner und liegt an dem linken Ufer des Kama, etwa 190 Kilometer von der Grenze des asiatischen Rußland. Durch diese Stadt geht der ganze sibirische Handel, denn sie ist die westliche Endstation der großen, sibirischen Eisenbahn. Sie unterscheidet sich wenig von andern russischen Städten dieser Kategorie und ist zwar reinlicher als Nischni-Nowgorod, aber nicht so interessant.

Wir blieben die Nacht über in Perm und hatten hier dann unseren ersten Zusammenstoß mit der russischen Polizei. Ich will den an sich bedeutungslosen Vorfall hier erzählen, denn er beweist, wie mächtig die Polizei in Sibirien ist, da sie jeden Menschen verhaften und verhören kann.

Sobald wir angekommen waren, gingen wir nach einem Hügel im Osten der Stadt, um von dort aus eine Skizze aufzunehmen. Unser Weg führte am Gefängnisse vorüber, und da dies das erste russische war, auf welches wir stießen, betrachteten wir es mit großem Interesse. Wir sahen nach= her, daß es für heute zu spät war, jenen Hügel zu besteigen und so kehrten wir um und verschoben das Skizzieren auf den nächsten Tag. Unser Rückweg führte uns wieder am Gefängnisse vorbei.

Am nächsten Morgen gingen wir nach dem Berge hinaus. Mein Genosse Frost machte eine Skizze von der Stadt und dann gingen wir heim. Als wir ein großes Feld passierten, kamen uns zwei Droschken entgegengefahren, in denen vier Offiziere in Uniform und wohlbewaffnet saßen. Ich sah wohl, daß uns die Herren aufmerksam betrachteten, da ich aber die russischen Uniformen damals noch nicht genau kannte, wußte ich nicht, daß dies Polizei-Beamte waren. Die Wagen hielten jetzt, die Insassen stiegen aus und kamen auf uns zu. Jetzt durchzuckte mich plötzlich geradezu blitz= artig der Gedanke: das sind Polizisten! Im Nu waren wir

umzingelt, und der eine der Herren richtete an uns in höf=
lichem Tone die Frage, wer wir seien:

„Reisende aus Amerika.“

„Seit wann sind Sie hier?“

„Seit gestern.“

„Von wo kommen Sie?“

„Von Nischni=Nowgorod.“

„Was ist Ihr Reiseziel?“

„Sibirien.“

„Darf ich fragen, weswegen Sie dorthin reisen?“

„Nun, um zu reisen.“

Mit leichtem Spott meinte der Fragesteller: „Nach
Sibirien reist kein Mensch zum Vergnügen. Darf ich also
wissen, weshalb Sie dorthin gehen?“

„Als freie Amerikaner wollen wir dort Land und Leute
kennen lernen.“

Er schien mit dieser Antwort nicht zufrieden, denn er
setzte das Verhör fort, um vielleicht doch noch einen Anhalte=
punkt für seinen Verdacht zu haben:

Sie kamen gestern an dem Gefängnis vorbei?“

„Jawohl.“

„Weshalb?“

Ich setzte ihm die Gründe auseinander.

„Sie sahen das Gebäude recht aufmerksam an.“

„Ja.“

„Weshalb?“

Wieder setzte ich ihm den Grund dafür auseinander.

„Sie hatten aber den Hügel nicht bestiegen, sondern
sind umgekehrt und haben noch einmal das Gefängnis be=
sehen. Weswegen?“

Ich gab lächelnd noch einmal meine Erklärungen, von

denen aber unsere Polizisten nicht erbaut schienen, denn sie forderten unsere Pässe von uns.

Ich teilte ihnen mit, daß unsere Papiere im Gasthause wären. Daraufhin wurden wir bis zu unserer Identifizierung für verhaftet erklärt.

Mein Genosse mußte nun zusammen mit dem Offizier, der uns ausgefragt hatte, den einen Wagen besteigen. Ich mußte mit einem graubärtigen Herrn, den ich für den Polizei-Chef hielt, in einem andern Wagen Platz nehmen, und dann fuhren wir in das Hôtel. Man hielt uns augenscheinlich für Verschwörer, die einen politischen Gefangenen befreien wollten. Während unsere Papiere geprüft wurden, bot ich den Beamten Thee und Cigaretten an. Noch waren die Herren mit unseren Papieren nicht zufrieden, als ich ihnen endlich den Empfehlungsbrief des Ministers vorzeigte, und nun hatte der ganze Scherz ein jähes Ende. Der junge Offizier errötete beim Lesen und meldete dann dem alten Herrn. Dieser trat voll Verlegenheit auf uns zu und bat wegen des Mißverständnisses um Verzeihung. Wir hörten nun, daß man uns für gefährliche Verbrecher hielt, denen man bis hierher nachgespürt hatte. Als Versöhnungszeichen baten nun die Herren, uns die Hand reichen zu dürfen, und und dann gingen sie mit vielen Komplimenten.

Diese an sich komische Sache gab uns doch viel zu denken. Wenn man uns hier, noch gar nicht in Sibirien schon verhaftete, bloß weil wir ein Gefängnis von außen uns angesehen hatten, was würde dann erst passieren, wenn wir in Sibirien selbst wären, wo wir ja überhaupt nur Gefängnisse bereisen wollten?!

Am Donnerstag, den 11. Juni, fuhren wir Abends 9¹/₂ Uhr von Perm mit der Eisenbahn nach Jekaterinenburg. Ich war so ermüdet und mein Genosse ebenso, daß wir

gleich einschliefen und erst früh um 8 Uhr an der Station
Bifer erwachten.

In schönster Pracht ging am Himmel die Sonne auf.
Die Luft duftete nach Blumen und Fichten, und lustig rief
der Kuckuck.

Mein Genosse botanisierte am Schienenstrange und
pflückte dort Alpenrosen, Gänseblümchen und Stiefmütterchen,
sowie andere Blumen, die ich gar nicht kannte.

Wieder stiegen wir in den Eisenbahnwagen, und fort
ging es durch Wälder und über Hügel. Ueberall stand die
Natur in vollster Sommertoilette.

Wir staunten über die herrliche Einrichtung der Bahn
in diesem weltentrückten Winkel Rußlands. Die Stations-
häuser waren die schönsten, die wir in Rußland sahen. Der
Bahndamm war sehr solide gebaut, und Alles, was zur
Bahn gehörte, zeigte die höchste Sorgfalt und Ordnung.
Auch die Umgebung der Stationen war gut gepflegt. Ja,
sogar die Meilensteine waren mächtige Blöcke, in die Namen
und Entfernungen mit zierlicher Mosaikschrift eingesetzt
waren.

In Nischnii Tagil, an der asiatischen Seite des Ural,
hielt der Zug eine halbe Stunde lang, so daß wir unser
Mittagessen einnehmen konnten. Dieses Stationsgebäude
dort hätte mitten in Europa mit allen Ehren stehen
können. Es war massiv aus Stein aufgeführt, geschmackvoll
bemalt und mit Blech bedeckt. An der 35 Meter langen
Front lag ein 7 Meter breiter Bahnsteig, an den sich ein
schöner Park mit Fontänen schloß. In der Mitte des mit Eichen-
holz getäfelten großen Saales stand eine lange Tafel, die mit
schneeweißem Tischzeug gedeckt war. Das Porzellan und
Glas, Blumen, Topfpflanzen und sogar ein Aquarium,
stimmten vortrefflich mit dem Ganzen überein. Die Stühle

waren schön geschnitzt, eine prächtige Uhr zeigte die Zeit an, und ein hübscher Ofen sorgte für Wärme. Die Kellner waren im Frack, und die Köche trugen die bekannten, schneeweißen Anzüge. Ich kann wohl behaupten, daß ich nie einen schöneren Speisesaal mit besseren Essen getroffen habe als dort in Asien.

Dies allerdings war der letzte Posten schöner, europäischer Kultur, den wir trafen. Von nun an ging unsere ganze Reise ohne die Eisenbahn vor sich.

Am 22. Juni, Freitag Abends kamen wir in Jekaterinenburg an. Diese Stadt liegt am Ostabhange des Ural, etwa 230 Kilometer von der Grenze Sibiriens entfernt. Damals war die Eisenbahn nach Tjumen noch nicht vollendet und wir mußten zu Wagen die Strecke von 13000 Kilometer zurücklegen.

Es gab damals zwischen den beiden Städten einen Expreßdienst, mit dem die Reisenden in 48 Stunden von einer Stadt zur andern befördert wurden. Die Beförderung hatte eine Gesellschaft in Händen, welche die Billets ausgab und den Reisenden Wagen stellte, deren Pferde alle 18 Meilen erneuert wurden. Die Sommerwagen hießen „Tarantas." Es waren dies große, schwere, bootsähnliche Kasten auf vier Rädern ohne Sitz. Ein Lederdach und ein Vorhang schützten gegen Regen und Wind. Der Kasten ist auf ein paar Stangen befestigt, die Vorder- und Hinterare miteinander verbinden und gewissermaßen als Federung dienen. Der Reisende legt sein Gepäck in den Wagen und setzt sich darauf. An die Rückenlehne werden ein paar Kissen gesetzt. Der Kutscher sitzt an der Ecke des Wagens und lenkt das nebeneinandergeschirrte Dreigespann. Auf gutem Wege legen diese Fahrwerke in der Stunde 13 Kilometer zurück.

Am 16. Juni Abends erklommen wir den gemieteten

Wagen, setzten uns auf Mstr. Frosts Koffer und befahlen:
„Los!" Unser graubärtiger Kutscher nahm die Zügel, die
aus alten Stricken bestanden und rief den Pferden zu:
„Auf denn, Kinderchen!" Sofort zogen die Tiere an und
unter Schellengeläute fuhren wir durch die breiten, sandigen
Straßen von Jekaterinenburg. Wir kreuzten einen großen
Platz, an dem eine Kaserne lag, kamen an zwei Pfeilern
vorbei, die den Doppeladler trugen, und gelangten dann in
ein dichtes Nadelgehölz.

Wir fuhren jetzt auf der großen sibirischen Heerstraße
dahin, die 4800 Kilometer lang vom Ural bis zu den Amur-
quellen sich erstreckt.

Viele Lastwagenzüge, die uns entgegenkamen, waren
wohl geeignet, uns zu zeigen, daß Sibirien kein unfrucht-
bares Land sei. Die Wagen, sogenannte Obozes, sind kleine,
vierräderige Einspänner, die plump und ohne Kunst gebaut
sind. Hochbeladen werden sie von dem Pferde gezogen. Alle
Wagen sind mit Stricken unter einander verbunden, so daß
eine solche Karawane thatsächlich ein zusammenhängendes
Ganzes bildet. In kaum zwei Stunden zogen 538 solcher
Wagen an uns vorüber, und während der ersten Tagereise
zählte ich deren 1445! Es ist dies gewiß der beste Beweis
für Sibiriens Fruchtbarkeit.

Um Mitternacht war es dunkel geworden, und da trafen
wir denn eine ganze Anzahl solcher rastenden Karawanen.
Die Pferde grasten, die Wagen waren zusammengeschoben,
und unter den mächtigen Tannen lagerten die Fuhrleute in
ihren roten oder blauen Blousen theetrinkend um mächtige
Wachtfeuer. Das Ganze bot stets ein ungemein fesselndes
Bild.

Auf leidlich guter Straße fuhren wir die ganze Nacht
hindurch und machten nur Halt, um Pferde zu wechseln.

Die Sonne ging erst um ein halb zehn Uhr unter und um drei wieder auf, so daß es nicht allzu dunkel wurde. Die Dörfer, durch die wir kamen, waren oft recht groß, wurden aber stets nur von zwei Häuserreihen gebildet, die ihre Giebel der Straße zu kehrten. Höfe umgaben die Gebäude, aber nirgends war weder ein Baum noch ein Grasfleck zu sehen. Eins dieser Dörfer war mit seinen beiden Häuserreihen 8 Kilometer beinahe lang. Ein mächtiger, eingehegter Weideplatz umgab stets so ein Dorf. Thore führten in diesen Platz hinein und hinaus, und bei jedem der letzteren befand sich eine Hütte mit einem Wächter. Dieses Amt wird gewöhnlich von einem alten Manne besorgt, dessen Existenz eine etwas herabgekommene ist. In Sibirien macht dies gewöhnlich ein verbannter Verbrecher. Der Wächter muß das Vieh bewachen und die Thore hüten. Er erhält dafür von der Gemeinde einen Lohn von etwa drei Rubeln im Monat. Das Leben und die Wohnung dieser Leute, letztere meist eine Erdhütte, sind in gleicher Weise höchst jämmerlich.

Als wir von Jekaterinenburg abfuhren, sahen wir zum ersten Male ein Verbanntenhaus und begegneten auch einem Gefangenenzuge auf dem Transport nach Sibirien. Die Verbannten werden zu Schiff oder Eisenbahn bis Jekaterinenburg befördert. Nach dem Uralübergang aber werden sie in Gruppen eingeteilt und müssen nun zu Fuß nach Westsibirien marschieren. Nur für Leute aus den besseren Ständen findet eine Ausnahme statt. Kranke werden in primitiven Wägelchen fortgeschafft.

Als wir am zweiten Tage nach unserer Abfahrt von Jekaterinenburg zwischen den Dörfern Markawa und Tugulinskaja durch eine Waldlichtung fuhren, hielt unser Kutscher plötzlich das Gespann an und sprach: „Hier ist die Grenze."

Wir stiegen aus und sahen nun an der Straße einen Pfeiler, der etwa vier Meter hoch und aus Ziegelsteinen aufgebaut war. An ihm war auf der einen Seite das Wappen der Provinz Perm, auf der andern das der asiatischen Provinz Tobolsk angebracht.

Wir standen an Sibiriens Grenzstein! An keinem Punkte zwischen der Czarenstadt und dem Pacific ist so viel Schmerz und Weh auf einen Punkt gehäuft, wie hier. Wie viele Menschen aller Stände und Lebensalter haben schon hier den Ihren und der Heimat ein ewiges Lebewohl zugerufen! Kein anderer Grenzstein der Welt hat so viel Leid gesehen, wie dieser hier.

Seit dem Jahre 1878 zogen hier 170000 Verbannte vorbei, seit dem Anfange unseres Jahrhunderts mehr als eine halbe Million.

Den Verbannten wird hier an diesem Grenzsteine gewöhnlich eine kurze Rast gegönnt. Der Russe, und wäre es auch der ärmste und unwissendste Mujschik, hängt doch mit glühendster Liebe an seinem Vaterlande, am „heiligen Rußland." Muß er nun seine Heimatserde verlassen, so thut er dies klagend und schluchzend. Oft genug werfen sich Verbannte zu Boden und küssen unter den heißesten Thränen den starren Grenzstein, das Symbol der Heimat, aus der sie vertrieben werden.

„Antreten!" kommandiert jetzt mit rauher Stimme der Korporal, der die Ordnung in der Kolonne aufrecht zu halten hat. Die Verbannten folgen dem Befehle. Dann heißt es: „marsch!" und kettenklirrend geht es über die Grenze.

Früher war der Grenzstein mit Cement bedeckt. In dessen harte Schicht waren Namen eingekratzt, Namen, die ein letzter Gruß der Verbannten an die Lieben daheim

waren. Jetzt war der Bewurf fast völlig abgefallen. Nur
an einer Stelle fand ich die Worte: „Leb wohl, Marie!"
Wie teuer mußte jener Name dem Verbannten sein, der ihn
hier beim Uebergange über die Grenze dem harten Steine
anvertraute!

Wir pflückten am Grenzsteine einige Blumen, riefen
Europa ein herzliches Lebewohl zu und fuhren dann in
Sibirien hinein.

---

### Drittes Kapitel.

## West-Sibirien und seine Gefängnisse.

In herrliches, blühendes Land, ganz anders, als sonst
die gewöhnlichen Begriffe von Sibirien es darstellen, fuhren
wir nun hinein.

Sonnig und blau lachte der Himmel über uns, die
Bäume standen in schönster Blütenpracht, und in den
muntern Gesang der Vögel tönte das Summen der Bienen
hinein. Die Luft war vom Blütendufte erfüllt, alles in
Allem ein köstlicher Sommertag oer gemäßigten Zone.

Zwischen Tschoremischkaja und Sugatskaja gelangten
wir in ein fruchtbares und bebautes Gebiet. Ein großes
Gehölz war nicht da, sondern nur eine Anlage von Birken
oder Pappeln. Oft sahen wir große Heerden, und Leute in
bunter Kleidung waren mit der Feldarbeit beschäftigt, so
daß das weite Bild auch belebt wurde. Dann gelangten
wir in schattigen Wald, in dem des Kuckucks Ruf erscholl;

über Blumen und Wiesen ging es dahin, überall nur im
schönsten Sonnenschein. Wohin das Auge blickte, sah es
nur Blumen und immer wieder Blumen.

Die Straße zwischen Jekaterinenburg und Tjumen war
mit zwei, drei Reihen hohen Silberbirken bepflanzt. Ihr
verschlungenes Geäst bildete ein Laubdach, das kein Sonnen-
strahl durchdrang. Wir fuhren Meilen weit durch diese
lebendige Halle, deren Säulen die silbern schimmernden
Baumstämme waren. Nach der Ueberlieferung wurden diese
Bäume von der Kaiserin Katharina II. angepflanzt, und es
heißt dieser ganze Laubengang heute noch „die Katharinen-
allee."

Wollte die mächtige Monarchin den armen Verbannten
auf dem Marsche Schutz gegen die Sonne verschaffen, oder
wollte sie die Einwanderung durch derartige Anpflanzungen
fördern? Nun, ihr Andenken haben diese Bäume mit jedem
Jahre neu erblühen lassen.

Auffällig war uns Amerikanern das völlige Fehlen der
„Fenz"*) an den Bauernhöfen. Die Felder sind regelmäßig eingeteilt, aber die Zäune fehlen, weil das Vieh auf
den Gemeindewiesen graft, und weil das Land nicht per-
sönliches Eigentum der Bebauer, sondern meist Staats-
besitztum ist. Die ganze Befugnis der Dorfgemeinden besteht darin, daß von Zeit zu Zeit das Land unter die Bebauer neu verteilt wird. Infolgedessen nimmt jeder Bauer
nur so viel Land unter den Pflug, als er unbedingt zum Lebens-
unterhalte braucht, und daher liegen denn weite Strecken
völlig brach.

Ebenso auffallend ist die Eigentümlichkeit, daß die west-
sibirischen Dörfer sehr arm und vernachlässigt aussehen
trotz der reichen Hülfsquellen des Landes. Ein Dorf be-

*) Anm: Einzäunung

steht aus zwei Reihen roher, einstöckiger Blockhäuser, die
den Giebel der Straße zukehren. Der Eingang ist an der
Seite. Giebel und Zaun sind manchmal mit Schnitzwerk
verziert, die Fensterläden oft bemalt, aber alles ist nur
recht primitiv, und die Häuser sehen sehr baufällig aus.
Die breite, ungepflasterte Straße wird bei andauerndem
Regen ein Kotmeer. Kein Baum, Strauch oder Rasen ist
im ganzen Dorfe zu sehen, sondern nur Armut und Schmutz.
Oft aber ist hinter der dürftigen Außenseite doch ein
gewisser Reichtum verborgen. Reinlichkeit und Sauberkeit
kennt der Muschik nicht, aber auch in anderen Ländern,
z. B. in Deutschland, läßt diese bekanntlich auf dem Dorfe
viel zu wünschen übrig. Der Gemeinsinn des Bauern in
Rußland kann sich nicht besonders hoch entwickeln, denn
Alles, was er thut, ist von der Gnade eines Polizisten abhängig und kann von dessen augenblicklicher schlechter Laune
vereitelt werden.

Nur ein Zeichen von Schönheitssinn fanden wir in den
Dörfern Westsibiriens: Blumen an den Fenstern! Ein
wahrer Blumenflor der schönsten und feinsten Sorten findet
sich in den Häusern, und manch armer Bauer hat hinter
seinen bunt schillernden Fensterscheiben eine Blumenzucht,
die den Wintergarten manches Millionärs beschämt.

In der Nähe von Tjumen wird das Landschaftsbild ein
völlig anderes. Die weite, bebaute Ebene wird von einem
sumpfigen Urwalde abgelöst. Die Straße, die bis hierher
leidlich gut war, wurde nun zum zähen Schlammboden, in
den die Räder unseres Wagens fast bis zur Achse einsanken.
Dicke Baumstämme waren in die Straße zur Befestigung
eingesenkt, aber sie machten den Weg nur rauher, statt besser.
Um dem scheußlichen Gerüttel zu entgehen, stiegen wir eine
Weile ab und gingen neben dem Wagen her. Aber die

Sonne brannte furchtbar, und die Stechfliegen setzten uns
so zu, daß wir nach einer Viertelstunde uns wieder auf den
Wagen flüchteten.

Am Donnerstag, den 18. Juni, Nachmittags, kamen wir
aus dem Walde auf eine weite Ebene, die mit Riedgras
und Blumen bestanden war.

„Dort liegt Tjumen,“ sagte unser Kutscher und wies
dabei mit der Peitsche vorwärts. Wir sahen eine
lange Reihe pyramidenförmiger Holzdächer. Ab und zu
leuchteten die weißen Mauern eines Staatsgebäudes auf
oder die grünen Zwiebelnkuppeln einer Kirche. Wir kamen
an einem Militärschießstande vorbei, auf dem Soldaten
schossen, dann kam eine Reihe niedriger Schuppen, und endlich das berühmte Etappengefängnis.

In der Stadt waren Hôtels. Auf die Empfehlung
unseres Kutschers aber mieteten wir bei einem Herrn Kowalski
ein Zimmer. Wir hatten in den zwei Tagen mit elfmaligem
Pferdewechsel 330 Kilometer zurückgelegt und waren im
Ganzen 40 Stunden lang gefahren. Ich war so steif, daß
ich keine Verbeugung hätte machen können, und wäre der
Kaiser von Rußland gekommen. Kaum kam ich die Treppe
hinauf; dann wurde schnell gegessen, und darauf legten wir
uns nieder und schliefen bis zum andern Morgen.

Tjumen hat großen Handelsverkehr, besonders in Roh-
produkten. Es hat 19000 Einwohner und liegt 2740 Kilometer von Petersburg entfernt am Ufer der Tura, oberhalb
der Stelle, wo sie in den Tobel mündet.

Am nächsten Tage konnten wir so recht sehen, wie
schnell das Wetter in Sibirien sich ändern kann. Der Wind
kam aus Nordosten vom Eismeere über die Tundren her.
Ein kalter Regen machte die Straßen fast unpassierbar.

Wir fuhren mit einer Droschke zur Post und erledigten dann den Tag über unsere Correspondenz.

Am Sonnabend wurde es wieder klar, so daß wir einen Spaziergang durch die Stadt machen konnten. Die Stadt war nichts anderes, als ein großes Dorf, ebenso schmutzig und ärmlich, nur ein paar Kirchen machten das Bild ein bischen stattlicher.

An den Direktor der hiesigen Realschule, Herrn Slowtsoff, hatte ein Bekannter uns einen Empfehlungsbrief mitgegeben. Wir gaben das Schreiben an diesem Tage ab und wurden auf das Herzlichste aufgenommen. Seine Schule liegt in dem schönsten und größten Gebäude der Stadt. Es ist ein zweistöckiger Steinbau. Ein reicher Kaufmann ließ das Haus für 150 000 Mark erbauen und schenkte es dann der Stadt. Die Schule ist großartig eingerichtet. Es ist dort eine Abteilung für Maschinenbau, ein großartiges physikalisches Kabinet und ein prachtvoll eingerichtetes Laboratorium für Chemie. Die Bibliothek ist gut, und das Museum enthält u. a. auch ein Herbarium mit den sibirischen wilden Pflanzen. Die ganze Anstalt ist eine Musterschule.

Herr Slowtsoff gab uns die Adresse eines Schotten, Namens Wardroppers, der seit mehr als zwanzig Jahren hier Kaufmann ist. Wir suchten ihn auf und wurden auf das Herzlichste von ihm aufgenommen.

In Tjumen ist der Sitz der obersten Behörde für das Verbannungswesen, und auch das größte Etappengefängnis Sibiriens befindet sich dort. In letzterem werden auf der Durchreise alle Verschickten untergebracht, und hier werden auch die bezüglichen Aktenstücke angelegt. Wir bezweifelten, daß wir die Besichtigungserlaubnis für das Gefängnis erhalten würden, aber Herr Wardropper führte uns mutig

zum Polizeichef, Herrn Krassin, der uns freundlich zum
Frühstück einlud. Als wir mit unserem Anliegen heraus=
rückten und auch unsere Empfehlungsbriefe aus den russischen
Ministerien vorlegten, teilte uns Herr Krassin mit, daß
unsere Ankunft ihm schon amtlich angezeigt sei. Obwohl
die Verhältnisse im Gefängnisse jetzt ungünstig seien, gab er
uns doch für den nächsten Tag die Besuchungserlaubnis.

Da er am nächsten Tage unwohl wurde, verzögerte
sich der Besuch etwas, und so standen wir denn erst am
Mittwoch vor dem Gefängnisthor. Die Anstalt selbst war
ein Steinbau von 25 Meter Höhe und 15 Meter Breite;
das Dach war mit Blech gedeckt. Eine 3 Meter hohe
Mauer faßte einen großen Hof ein. An jeder Ecke stand
ein Schilderhaus und davor ein Posten mit aufgepflanztem
Bajonnett. Rechts am Thor stand ein kleines Bureauge=
bäude, und davor sahen wir einen Pfosten, an dem unter
einem Holzdache eine Glocke hing.

Vor dem Gefängnisse saßen einige Frauen und Mädchen.
Sie hielten Brot, kaltes Fleisch, gekochte Eier, Milch und
andere Lebensmittel für die Verbannten feil. Früher war
das Gefängnis in Tjumen für 500 Gefangene bestimmt.
Ein Anbau brachte die Belegungsziffer auf 800. Als wir
da waren, waren 1741 Gefangene da.

Am Thore hielt uns der Posten an. Als wir ihm
unser Vorhaben gesagt hatten, rief er durch eine Schießscharte
den wachhabenden Unteroffizier herbei, der sofort erschien,
mit Säbel und Pistol bewaffnet. Er brachte unseren
Empfehlungsbrief zum Direktor, und bald durften wir in
das Haus eintreten.

Etwa 50 Gefangene gingen im Hofe auf und ab oder
hockten an der Erde. Alle waren grau gekleidet. Schirm=
los war die Mütze, Hemd und Hose aus grober Leinwand,

4*

desgleichen der Kaftan. Zwischen den Schultern waren an
ihm zwei viereckige Stücke gelben oder schwarzen Tuches be=
festigt. Fast alle die Leute hatten Ketten an den Füßen,
die bei jeder Bewegung klirrten.

Wir gingen nun in eine Zelle, die in einer einstöckigen
Holzbaracke, links am Thore sich befand. Dieser Bau hatte
innen eine Art Saal, 12 Meter lang und 8 breit und 4
Meter hoch. Die Wände, die aus Balken aufgeführt waren,
waren wohl einstmals weiß getüncht, jetzt aber ebenso schmutzig,
wie der Fußboden. Drei Fenster mit Eisengittern gaben
Licht. In der Mitte des ganzen Raumes stand eine Holz=
pritsche, 10 Meter lang, 4 Meter breit und 2—3 Meter hoch.
Nach beiden Seiten war sie sanft abgedacht, so daß zwei
Reihen Schläfer auf ihr Platz hatten. Solch eine Pritsche
und ein Kübel zur Verrichtung der Notdurft sind die ganze
Inneneinrichtung eines sibirischen Gefängnisses. Die Ge=
fangenen bekommen weder Decken, noch Kissen, sondern
liegen auf der harten Pritsche und decken sich mit ihren
Röcken zu!

Als wir eintraten, sprangen die Gefangenen unter
Kettengerassel auf, zogen ihre Mützen und nahmen dicht
an den Pritschen Aufstellung.

„Wie geht es, Kinder?" fragte der Direktor.

„Wir wünschen Ew. Gnaden Gesundheit", erwiederte
der Chorus.

„Das Gefängnis ist furchtbar überfüllt," sagte der
Direktor zu uns. „Sehen Sie, in dieser Zelle haben höchstens
40 Menschen Raum. Wieviel haben hier in der Nacht ge=
schlafen," fragte er dann die Sträflinge.

„Hundertundsechzig," antworteten ein paar Stimmen. —

Ich hielt jetzt Umschau. Nirgends war eine Ventilations=

anlage zu finden. Die Luft war in dem Raume so ver=
dorben, daß mir das Atemholen schwer wurde.

Wir sahen uns nach und nach sechs Hofzellen an, die
alle den gleichen Zustand aufwiesen. Ueberall war eine
kolossale Ueberfüllung vorhanden, und ein großer Teil der
Inhaftierten lag auf dem Boden umher. Als wir in eine
dieser Zellen gingen, krochen einige anscheinend kranke
Menschen unter den Pritschen hervor.

Im Hauptgebäude liegen die Küche, die Werkstätten,
das Krankenzimmer und einige Zellen, die noch schlechter
waren als die, welche wir schon gesehen hatten.

Wir gingen nun weiter. An den düsteren Korridoren
lagen auf beiden Seiten kleine Zellen mit massiven Holz=
thüren. Die Einrichtung und Ueberfüllung waren die
gleiche wie bei den Zellen, die wir früher besucht hatten.
In einer der Zellen saßen zehn Adelige, gebildete Leute.
Dort nahm der Direktor seine Kopfbedeckung beim Betreten
des Zimmers ab. Dies waren gewiß „Politische", auf
„administrativem Wege verschickte."

Ueberall war die Luft entsetzlich verdorben und ganz
besonders in der zweiten Etage. Ich konnte nicht weiter
und glaubte umfallen zu müssen. Als der Direktor sah,
wie mir zu Mute, meinte er: „Sie sind die Gefängnisluft
noch nicht gewöhnt. Kommen Sie, trinken Sie in der
Apotheke ein Glas Wein und rauchen Sie eine Cigarette."

Als ich den verständigen Rat befolgt hatte, ward mir
wieder besser, und wir konnten uns nun die Werkstätten
ansehen.

Diese waren im zweiten Stockwerke gelegen. In einer
Zelle waren drei oder vier Gefangene beim Schuhflicken,
in einer anderen bei der Tischlerarbeit. Aber es fehlte an
rechter Anleitung ebenso sehr wie an brauchbaren Werkzeugen,

und darum erschien es mir geradezu lächerlich, diese Räume
„Werkstätten" zu nennen.

Die Küche lag im Erdgeschosse. In dem schmutzigen,
dunkeln Raum kochten halbnackte Männer in großen Eisen=
kesseln Suppe und buken Brot. Ich kostete etwas Brühe
und fand sie nahrhaft und wohlschmeckend. Das Brot war
das gewöhnliche, russische Bauernbrot. Jeder Gefangene
bekommt täglich 2½ Pfund Schwarzbrot, sechs Unzen ge=
kochtes Fleisch, 2 bis 3 Unzen Gerste oder Hafer, und früh
und Abends je einen Becher „Kwas." *)

Jetzt fragte uns der Direktor, ob wir auch das Lazarett
besichtigen wollten, und wir antworteten bejahend. Der
Direktor führte uns nun in das dritte Stockwerk, wo die
Krankenstuben lagen.

Diese waren zwar größer und heller als die Gefangenen=
zellen, aber nicht in besserem Zustande. Ventilation und
Desinfektion waren hier unbekannte Größen. In jeder
Abteilung standen etwa 12 bis 15 eiserne Bettstellen. Das
Bette bestand aus einem Strohsack, einem Kissen und einer
grauen, wollenen Decke. Auf schwarzen Täfelchen am
Kopfende des Bettes standen die Krankheitsnamen verzeichnet.
Die am meisten vorkommenden waren: Skorbut, Typhus,
gastrisches Fieber, Bronchitis, Rheumatismus und Syphilis.

Die Typhuskranken lagen isoliert; bei den andern fehlte
jede Einteilung außer der nach Geschlechtern. Mir war, als
ich diese elenden, abgezehrten Gestalten hier auf dem Siech=

---

*) Anm: Kwas oder Kwaff, ein säuerliches Halbbier ist das ver=
breiteteste Getränk in Rußland. Es wird nach verschiedenen Rezepten
zubereitet. Rogenmehl und Malz, oder Kleie und Mehl, oder Schwarz=
brot und Aepfel, die man in Wasser gähren läßt, dienen als Zuthaten.
Verschiedene Beigaben erhöhen dann noch den Wert der unschuldigen
Flüssigkeit. (Nach Waldeck, Rußland, Bd. II. Seite 221.)

bette liegen fah, als müßten über der Thüre die Worte
stehen, wie über dem Eingange zur Dantes Hölle:

„Die Ihr hier eintretet, laßt alle Hoffnung draußen!"
Ich sehnte mich ins Freie, um einmal wieder recht
aufatmen zu können. Der Direktor führte uns in die
Apotheke. Dort ließ er uns Wein reichen und uns mit
Carbolwasser besprengen, um eine Ansteckung zu verhüten.
Aber erst im Hofraume, wo ich die frische Luft mit langen,
durstigen Zügen einsog, ward mir wieder besser.

„Wieviel Kranke sterben hier im Jahre?" fragte ich den
Direktor.

„Gegen dreihundert," lautete seine Antwort. „Fast
jeder Herbst bringt uns eine Typhusepidemie. Wir sind
machtlos dagegen, da wir die überfüllten Räume nie durch-
lüften können. Mehrmals habe ich bei den vorgesetzten Be-
hörden schon um Aenderung gebeten, habe aber nur den
Bau von zwei Baracken durchgesetzt."

Der Direktor teilte uns hier Thatsachen mit, die im
ganzen Orte bekannt waren.

Wir gingen nun in das gegenüberliegende Frauenge-
fängnis. Dieses war nicht überfüllt und rein, sauber und
hell. Da und dort sah ich sogar einen Fetzen Teppich, und
an einem Fenster stand gar ein Blumentopf. Die gefangenen
Frauen waren meist Bäuerinnen, viele hatten sogar kleine
Kinder.

Schließlich besichtigten wir das Gefängnis für die verbannten Familien, wo die Frauen und Kinder den Männern
freiwillig in die Verbannung folgen. Auch dort herrschten
Ueberfüllung, Elend und Jammer.

Indessen war es Mittag geworden, und wir nahmen
nun eine Einladung zum Frühstücke an. Dabei wurde dann
noch einmal besprochen, wie traurig das Gefängniswesen

beschaffen sei, und daß eine gründliche Aufbesserung mindestens zehn Millionen Rubel kosten würde.

Die Mitteilungen des Direktors wurden mir übrigens von den verschiedensten Seiten bestätigt.

Um nun das Gefangenwesen überhaupt zu verstehen, muß man sich vergegenwärtigen, daß es eigentliche Kerker in Rußland überhaupt nicht giebt. Wer zu weniger als 4 Jahre Haft verurteilt ist, büßt diese in einem der russischen Strafhäuser ab, denn die Strafzeit würde die Mühe des Verschickens nicht lohnen. Wer mehr Strafe erhalten hat, kommt nach Sibirien.

Es wurden in der Zeit von 1823 bis 1887 einschließlich nach Sibirien verschickt: 772979 Menschen.

Die folgende Tabelle möge diese Ziffer besser erklären als lange Beschreibungen.

| | | | |
|---|---|---|---|
| Von 1823 bis | 1832 | 98 725 |
| „ 1833 „ | 1842 | 86 550 |
| „ 1843 „ | 1852 | 69 764 |
| „ 1853 „ | 1862 | 101 238 |
| „ 1863 „ | 1872 | 146 380 |
| „ 1873 „ | 1877 | 91 257 |
| Im Jahre | 1878 | 17 790 |
| „ „ | 1879 | 18 255 |
| „ „ | 1880 | 17 660 |
| „ „ | 1881 | 17 183 |
| „ „ | 1882 | 16 945 |
| „ „ | 1883 | 19 314 |
| „ „ | 1884 | 17 824 |
| „ „ | 1885 | 18 843 |
| „ „ | 1886 | 17 477 |
| „ „ | 1887 | 17 774 |
| Insgesammt: | | 772 979. |

Die Verbannten zerfallen in drei Klassen, nämlich in:

I: Sträflinge die zur Zwangsarbeit verurteilt sind.

II: Strafkolonisten.

III: Einfach Verbannte.

Dazu kommen noch die Frauen und Kinder, die ihre Angehörigen freiwillig begleiten.

Die Verbannten der ersten und zweiten Klasse verlieren alle bürgerlichen Rechte und müssen lebenslänglich in Sibirien bleiben. Sie müssen mit 5 Pfund schweren Eisenketten an den Füßen und zur Hälfte kahl geschorenem Kopfe nach den Verbannungsorten marschieren. Die Verbannten der III. Klasse sind davon frei und können nach verbüßter Strafzeit in die Heimat zurückkehren.

Zu den Verbannten der dritten Klasse gehören

a. Vagabunden und Landstreicher.

b. Solche Personen, die auf richterliches Urteil hin verbannt werden.

c. Personen, welche die Ortsbehörde verbannte.

d. Auf administrativem Wege Verschickte." *)

Der Tag, der unserem Besuche im Etappengefängnis in Tjumen folgte, zeigte uns einen Zug Verbannter, der nach Jalutorisk marschieren sollte. Wir wollten das Gefängnis abzeichnen und als wir dorthin kamen, sahen wir davor eine Menge Frauen und Kinder. Eine Abteilung Soldaten umgab eine Schaar von etwa 250 Männern in der grauen Sträflingskleidung und etwa 100 Frauen und Kindern in gewöhnlicher Tracht. Nahebei standen 20 Wagen, auf deren einigen die Kranken saßen, während auf anderen das geringe Besitztum der Armen lag.

Bei den Wagen stand der Offizier, der den Zug führen

---

*) Anm: Politische Verbannte giebt es nicht so viele, als gewöhnlich angenommen wird. Die Zahl übersteigt im Jahre nicht 150.

sollte. Es war dies ein robuster Mann mit hartem Ge=
sichtsausdrucke. Er war von Frauen und Kindern umgeben,
die ihn um Erlaubnis baten, fahren zu dürfen.

„Ach, bitte lassen Sie doch mein kleines Mädchen fahren,"
flehte eine blasse Frau. „Es ist doch noch nicht zehn Jahre alt,
und der Fuß thut ihm so weh. Das Kind kann unmöglich
30 Werst weit laufen."

„Was ist mit dem Fuße", fragte der Offizier unge=
duldig und sah flüchtig des Kindes bloße Füßchen an.

„Ich weiß es nicht," sagte die Mutter. „Ach, haben
Sie doch Erbarmen."

„Es ist kein Platz," meinte der Offizier noch unge=
duldiger und dann sprach er zu dem Kinde: „Gehe nur,
dann kannst Du besser Blumen pflücken."

Um weiteren Bitten zu entgehen, gab er das Kommando
zum Antreten.

Es wurde still, nur die Ketten klirrten noch leise. Die
Soldaten nahmen die Gewehre auf, die Gefangenen be=
kreuzten sich, und dann hieß es: „Marsch!"

Der Zug setzte sich in Bewegung.

Einige Kosaken in dunkelgrüner Uniform ritten voran.
Die Männer und Frauen folgten in dichter Masse, von
Soldaten umringt. Dann kamen die Wagen mit den Kranken,
und dann wieder Kosaken. Den Schluß bildeten die Wagen
mit dem Gepäck.

Bald war der Zug unseren Augen entschwunden, und
wir hörten nur noch aus weiter Ferne das Klirren der
Ketten.

Am Samstag Nachmittag sahen wir auf dem Landungs=
platze die Einschiffung von 700 Personen, die nach Tomsk
verschickt wurden. Das Schiff, das dazu diente, war 75
Meter lang und 10 Meter breit. Auf dem Verdeck waren

zwei große Kajüten, in deren einer Lazarett und Apotheke
sich befanden. In der anderen wohnten die Schiffsoffiziere
und auch Verbannte aus der besseren Gesellschaft. Beide
Kajüten waren durch ein Dach oben mit einander verbunden
und an den Seiten durch starke Eisengitter. In diesem
Käfige, der 25 Meter lang und 10 Meter breit war, durften
die Gefangenen spazieren gehen. Sie nannten den Raum
den „Hühnerstall." Das Schiff war gut gereinigt und des-
infiziert. Wir erhielten die Erlaubnis, das Schiff und die
Gefangenen, unter denen Vertreter fast aller Stämme des
weiten Zarenreiches waren, zu photographieren. Dann
begann unter Kettengeklirr die Einschiffung.

Herr Frost und ich gingen am Strande auf und ab
und beobachteten die Sträflinge. Diese waren meist recht
heiter und gebärdeten sich wie Schuljungen, die eine Ferien-
reise machen, und nicht wie Leute, die nach Sibirien in die
Verbannung gehen.

Es wurden von Vielen noch von den Lebensmittel-
händlern, die zahlreich an Bord waren, Brot, Salzgurken
und Räucherfische gekauft. Lustig ging, wie auf dem Jahr-
markte, der Verkehr durcheinander.

Ein Pope kam an Bord, legte in der Kajüte den vollen
Ornat an und kam dann betend hervor. Bei den Frauen
fand er Beachtung, die Männer aber nahmen nur die Kopfbedeckung ab und ließen sich sonst in ihrem Geschäft nicht
stören.

Als es dunkel wurde, kam ein Dampfer. Kommandos
erschallten, und bald fuhr das große, Schiff nach Tomsk
hinunter. Die Sträflinge drängten sich an den Gittern, um
noch einen Blick nach Tjumen zu werfen. —

# Viertes Kapitel.

## Durch die Steppen am Irtisch.

Um in die Steppen zu den Kirgisen und überhaupt zu dem Teile Sibiriens zu kommen, in dem die Gefangenen sich freier bewegen dürfen, als anderswo, kauften wir uns einen Tarantas, besorgten einen Lieferschein für Postpferde, nahmen von den Bekannten Abschied und reisten dann auf Semipalatinsk los.

Ich glaube wohl, daß die Kaiserlich russische Post die größte und am besten gehaltene Postfahrgelegenheit der ganzen Erde ist. Vom Südende der Halbinsel Kamtschaltka bis zum elendesten Dorfe Finnlands, vom Eismeere bis zu den heißen Wüsten Innerasiens geht durch das ganze Reich ein mächtiges Netz von Poststraßen. Ueberall kann der Reisende Pferde, Renntiere oder Hunde zum Vorspann nehmen. Aber wer reisen will, muß seinen eigenen Wagen oder Schlitten haben und dazu Vorspann. Dann kann er reisen, wohin und wie er will. Die Briefe werden besonders befördert. Die Fahrtgebühr ist für den Reisenden sehr gering, denn sie beträgt für Kutscher und das landesübliche Dreigespann 15 Pfennig pro 1½ Kilometer. Aber so gering die Gebühr auch ist, der Bauer hält sie doch für groß genug, um mit der Post zu konkurrieren. Seine Pferde sind oft besser wie die Postgäule.

Naht der Reisende einem Dorfe, so fragt der Kutscher stets, ob er bei einem „Freunde" oder an der Poststation umspannen soll. Wir wählten gewöhnlich das erstere, weil wir dadurch das häusliche Leben der Leute kennen lernten.

Der erste Teil unserer Reise von Tjumen nach Omsk bot nichts besonders Erzählenswertes. Wir kamen nur durch sumpfige Ebenen, durch Gestrüpp und verkrüppeltes Nadelholz.

Ein Freund hatte mir einen Empfehlungsbrief an den reichen Fabrikanten Kolmakoff mitgegeben. Dieser wohnte etwa 100 Werst von Tjumen auf seinem Gute, bei dem Dorfe Zawodo-Ukofskaja. Wir machten auf dem Gute einen Besuch und waren erstaunt über die herrlichen Gartenanlagen und Treibhäuser voll der seltensten Pflanzen. Aus dem vornehmen Hause, wo man auf das Prächtigste uns aufgenommen hatte, mußten wir nachher weiter in die finstre Nacht hinaus.

Die Fahrt war recht beschwerlich, denn die ohnehin nicht allzu gute Straße war durch das Regenwetter beinahe unpassierbar geworden. Der Wagen rüttelte und schüttelte uns so durch, daß an Schlaf gar nicht zu denken war. Am nächsten Morgen kamen wir nach dem Dorfe Nowo-Zamskaja und kehrten da bei einem „Freunde" des Kutschers ein. Völlig erschöpft sanken wir zu Boden und schliefen sogleich ein. Nach dreistündiger Rast setzten wir unsere Reise fort. Endlich, nachdem wir einen ganzen Tag und eine Nacht unterwegs unter den schwersten Anstrengungen gewesen waren, kamen wir Donnerstags Morgen in der Kreisstadt Ischim an. Wir machten nur einen kurzen Aufenthalt und fuhren dann gleich weiter. Außerhalb der Stadt trafen wir eine Menge Leute, die mühsam durch den Morast der Straße wateten. Es waren meist Muschiks und ihre Weiber, aber auch Städter fehlten nicht.

Etwa 6 Kilometer von der Stadt entfernt kam uns eine Prozession sibirischer Bauern entgegen. Mächtige Kreuze mit drei Querbalken, Fahnen und gewaltige Laternen auf hohen Stäben ragten aus dem Zuge hervor. Als der Zug uns näher kam, sahen wir ein starkes Gewühl mitten auf

der Straße. Es drängten sich die Leute um eine Stange,
an der ein Gegenstand angebracht war, der einem Bilde
mit Goldrahmen ähnlich sah. Das Bild, denn ein solches
war es thatsächlich, wurde von sechs Bauern auf einem
Untergestell getragen. Der Rahmen des Bildes bestand
wahrscheinlich aus massivem Gold oder Silber mit schwerer
Vergoldung, denn die Leute keuchten gar gewaltig unter
ihrer Last. Vor dem Bilde schritt ein Geistlicher, von
Diakonen umgeben. Diese Leute trugen die Banner, Kreuze
und Laternen und ließen dazu ihre eintönigen Kirchenmelodien
erschallen. Die ganze Prozession bestand aus 400 bis 500
Personen, meistens Frauen, denen der in Strömen hernieder=
fallende Regen völlig gleichgültig schien. Der Zug nahm
fortwährend noch zu.

Seit wir Sibirien betreten hatten, hatte ich solch ein
Bild kirchlicher Macht noch nicht gesehen. Der Kutscher er=
zählte uns, daß das goldene Bild aus einer Kirche in
Ischim stamme, Wunderdinge verrichten könne und alle Jahre
in Prozession durch die bedeutendsten Ortschaften getragen
werde, damit es auch dort seinen Segen spende.

Wir reisten zunächst im Regen weiter, aber nach und
nach klärte sich doch das Wetter auf, und endlich schien
wieder die Sonne. Die Steppe war mit Blumen übersät,
und wie toll fuhr unser Kutscher dahin. Wir mußten wohl
in der Nähe menschlicher Ansiedelungen sein.

Bald sahen wir einen Zaun, der sich 1½ Kilometer zu
beiden Seiten der Straße hinzog und da, wo er die Straße
überschritt, ein Thor hatte: wir waren am Weideplatze des
Dorfes. Der Thorwärter erschien: die Verkörperung mensch=
lichen Elendes!

Innerhalb des Thores stand ein Wegweiser mit der
Aufschrift: Dorf Krutaja. Entfernung von St. Petersburg

2992 Werst. Entfernung von Moskau 2520 Werst. 42 Häuser. 97 männliche Einwohner.

Zahlreiche Rinder und Schafe grasten auf dem Gemeinde= weideplatz, und einige Windmühlen standen hinter dem Dorfe.

Unser Kutscher lärmte so lange, bis die Dorfleute an= fingen, aufmerksam zu werden. Alles eilte an die Fenster, um zu sehen, wer so geräuschvoll seinen Einzug hielte.

Vor dem Hause seines „Freundes" machte der Kutscher Halt und befahl, die Pferde zu bringen. Jetzt sammelte sich die Bewohnerschaft des Dorfes, Alt und Jung. Schafpelze und braune Kaftans umdrängten unseren Wagen, während der Kutscher die Pferde ausspannte. Der Hausherr fragte uns, ob wir erst Thee trinken oder gleich weiterfahren würden, und als wir nur das Letztere bejahten, rief er einem halberwachsenen Jungen zu: „Andreas, bringe die Pferde!" Rasch bestieg der Junge ein ungesatteltes Pferd und jagte dann davon.

Die Versammelten mochten nun aber auch gern wissen, wo hinaus wir wollten, und so fragte uns denn ein Greis: „Wohin sendet Euch Gott?"

Als wir unser Ziel angegeben hatten, fragte der Alte, woher wir kämen.

„Aus Amerika", antworteten wir.

Nun ertönte ein allgemeines „Ah!"

„Ist das eine Stadt im heiligen Rußland?" fuhr der Alte unbeirrt in seinem Examen fort.

„Amerika ist keine Stadt, sondern ein Land," rief da plötzlich ein hübscher Junge und fuhr dann, wie in der Schule, fort: „Die Erde hat fünf Weltteile. Es sind dies: Europa, Asien, Afrika, Amerika, Australien. Rußland ge= hören zwei Drittel von Europa und die Hälfte von Asien."

Mit diesem Vortrage waren wohl seine geographischen
Kenntnisse erschöpft. Die Uebrigen hatten das Wort Amerika
überhaupt noch nicht gehört. Nur ein junger Mann, der
jüngst anwesend war, als die Leichen der bei der Nordpol=
reise der „Jeannette" zu Grunde gegangenen Seeleute hin=
durchgebracht wurden, suchte die Andern über Amerika auf=
zuklären. Er nannte die Amerikaner das „klügste Volk
der Welt, das sich in das Eismeer gewagt hatte." Das aber
widerlegte ein alter Mann, denn er meinte, daß die Russen
ebenso wackere Seefahrer wären, wenn sie auch vielleicht
nicht so gescheit wären, wie die Amerikaner.

Nun kehrte der Junge mit den Pferden zurück. Schnell
war angespannt, und dann ging es im Trabe die Dorfstraße
entlang. Bald war der Ort unseren Blicken entschwunden.

Aehnlich waren Ankunft und Abfahrt in allen Ort=
schaften zwischen Omsk und Tjumen. Die meisten sahen
wenig einladend aus, und wir waren meist froh, wenn wir
aus den schmutzigen Nestern wieder heraus und auf der
Steppe mit ihrem Vogelgesang und Blumenduft waren.

Den ganzen Freitag fuhren wir rüstig vorwärts. Ab
und zu fuhr ein anderer Reisender im gleichfalls schmutzi=
gen Wagen an uns vorüber, oder wir passierten eine Ab=
teilung Verbannter, die mühsam auf dem grundlosen Wege
dahinwatete. Häufig sahen wir auch Bauern auf die Felder
hinaus fahren.

Die Gegenden dort sind reich und gesegnet, und es
könnte diese Provinz eine der blühendsten des ganzen
russischen Reiches werden, wenn man sie nicht mehr als
Strafkolonie bestehen ließe, sondern mit Kolonisten besetzte,
die als freie Bauern im eigenen Interesse arbeiteten.

Nach weiteren Anstrengungen im stoßenden und holpernden
Wagen, nach Kämpfen mit großen, grauen Stechfliegen und

einer schlaflosen Nacht kamen wir am Sonntag, den 4. Juli, endlich, starrend vor Schmutz, in Omsk an.

Omsk hat etwa 50000 Einwohner und ist der Sitz der Steppenprovinzregierung. Die meisten seiner Einwohner leben im Staatsdienste. An schönen Gebäuden sind zu nennen: die Kadettenanstalt, das Gouverneurhaus, das Polizeiamt und die Citadelle. Die Straßen haben kein Pflaster und die meisten Häuser sind Holzbauten. Auch an zahlreichen Kirchen mit bunten, schimmernden Kuppeln ist kein Mangel. Man kann sagen, daß die eine Hälfte der Bewohner Uniform trägt und die Aufgabe hat, die andere zu regieren.

In Omsk gab es nur wenig, was uns interessieren konnte: ein kleines Museum, das der geographischen Gesellschaft gehört, und dann eine Verbanntenkolonie. Letztere liegt draußen vor der Stadt, und die Sträflinge wohnen dort in Hütten, die halb unter der Erde liegen.

Nachdem wir von den Strapazen der Reise ein wenig uns erholt hatten, fuhren wir am 8. Juli mit einem Kosakenkutscher, der drei Postpferde lenkte, wieder ab und auf Semipalatinks zu.

Der Weg führte zunächst an dem rechten Ufer des Irtisch entlang und zwar durch einige Dörfer, die denen ähnlich waren, die wir bisher gesehen hatten. Aber hier wohnten Kosaken, die sich auf Anordnung der Regierung dort angesiedelt hatten. Es geschieht dies überall da, wo man feindliche Einfälle abwehren oder auch ein Räuberunwesen unterdrücken will. So entstand im vorigen Jahrhundert die sogenannte „Militärgrenze" am Terek gegen die kriegerischen Bewohner des Kaukasus und am Irtisch die gegen die Kirgisen. Diese Feinde sind längst unterworfen, aber jene soldatischen Kolonieen bestehen heute noch. Die Kosaken haben sich trefflich in alle Verhältnisse zu schicken gewußt. Zwischen Omsk und Semipalatinsk liegen 30 bis 40 solcher Militärdörfer, und ebenso viele finden sich zwischen letzterer Stadt und dem Altagebirge.

Als wir eine kurze Strecke gefahren waren, begann die Steppe ein ganz verändertes Aussehen zu zeigen. Die üppige Blumenpracht, die früher dort gewesen war, war verschwunden. Nur selten trafen wir auf ein Stückchen Rasenland, denn die heißen Sonnenstrahlen hatten dort Alles versengt. Die Birkenwäldchen, die die Umgegend von Omks parkartig erscheinen ließen, waren verschwunden, und vergebens suchte das Auge nach bebauten Feldern. Die Steppe ging nach und nach in die mittelasiatische Wüste über.

Einige Stationen von Omsk entfernt bekamen wir zum ersten Male ein kirgisisches Zeltlager, ein sogenanntes „Aoul" vor Augen.

Der Kirgise durchzieht mit seiner Heerde unausgesetzt die ungeheuren Ebenen von Westsibirien, vom Kaspischen Meere bis hinauf zum Altaigebirge. Mehr als drei Vier-teile der gesamten Bevölkerung der Steppenprovinzen gehört zu diesen Nomadenvölkern.

Der Aoul setzte sich aus vier „Kibitkas" zusammen. Es sind dies runde, graue Filzzelte, die etwa die Gestalt der Oberhälfte eines querdurchschnittenen Eies haben. Diese seltsamen Bauten waren ein Stück von der Straße entfernt eng nebeneinander aufgeschlagen.

Unser Erscheinen — wir gingen auf das kleine Lager, zu dem kein Pfad hinführte, zu — schien die Leutchen zu beunruhigen. Es war offenbar ein Besuch im Kirgisenlager eine Seltenheit. Die dunkelbraunen, halbnackten Kinder flüchteten erschreckt in die Zelte, als sie uns näher kommen sahen. Die Frauen schauten heraus, sahen uns mit unsicheren

Blicken an und zogen sich dann ebenfalls schnell in die Zelte zurück. Die Männer kamen uns als geschlossene Masse entgegen, schienen aber auch über unseren Besuch erstaunt und erschreckt. Unser Kutscher warf ihnen einige kirgisische Worte zu, die sie wohl beruhigten.

Der Führer der Karawane, ein Greis mit rotgelber Mütze, lud uns zum Eintritte in sein Zelt ein. Es hatte dies etwa 3 Meter Höhe und 5 Meter Durchmesser. Das Gestell war aus Holz hergestellt, das vor Alter vom Rauche geschwärzt war. Oben rundete es sich kuppelartig und trug einen Ueberzug von dickem, grauem Filz. Die Sparren, welche das Dach trugen, waren ein wenig gebogen und gingen von einem Ringe aus, der in der Mitte der Kuppel sich befand. Den Eingang bildete eine Thüre, die in Angeln hing. Der vorhin erwähnte Ring in der Mitte der Kuppel umgab eine Oeffnung, die dem Rauche den Abzug und der frischen Luft den Eintritt gewährte. Unterhalb dieser Oeffnung, auf einem Herde, den flache Steine bildeten, rauchte ein Feuer, an dem einige Kochtöpfe brodelten. Ein schmales Bettgestell aus rohem Holze, zwei oder drei Holztruhen mit blauem Anstrich), ein niedriger Tisch, auf dem hölzerne Eßgerätschaften und ein altertümlicher Krug aus Metall standen, an der Wand einige Gefäße aus Birkenrinde, Pferdegeschirr, ein silberbeschlagener Steigbügel und eine Satteltasche aus Teppichstoff — das waren so ziemlich die sämtlichen Einrichtungsstücke des Zeltes.

Die Gastfreundschaft der Kirgisen ist eine sehr große, und deren erstes Gebot befiehlt ihnen, dem Gaste einen Trunk Kumys vorzusetzen. Es ist dies ein Getränk, das aus gegohrener Pferdemilch hergestellt wird. Als wir uns neben dem Feuer auf eine Filzdecke gesetzt hatten, ging eine Frau zu einem schmutzigen, pferdeledernen Beutel, der

an der Zeltwand hing. Es war dies der Kumysbehälter,
und die Frau rührte nun seinen Inhalt mit einem Stabe
auf. Dann füllte sie ein Holzgefäß, das auch nicht über=
mäßig sauber war, mit dem Nationalgetränke der Kirgisen
und bot es mir zum Trunke dar. Der Kumys schmeckte
besser, wie ich gedacht hatte, und der ganze Trank wäre
wohl zur Erfrischung geeignet gewesen, wenn er nur kühler
und die ganze Darbietung sauberer gewesen wäre. Um dem
Patriarchen, dessen Gast ich war, gefällig zu sein, trank ich
den ganzen Becher aus. Aber ein Kirgise verlangt von
seinem Gaste größere Trinkerleistungen, und so wurde denn
mein Becher sofort wieder gefüllt. Ich versicherte, daß ich
nicht mehr trinken könne, und machte deshalb den Vorschlag,
daß Mr. Forst für mich den Becher leeren möchte. Darüber
aber war der Alte offenbar verstimmt. Um die Stimmung
wieder zu heben, holte ich meine Zither vom Wagen und
spielte und sang das bekannte Lied:
„Es steht ein Wirtshaus vor der Stadt.“ . . .

Frost hatte sich inzwischen daran gemacht, einen kleinen,
etwa sechsjährigen Burschen abzuzeichnen. Als er trinken
sollte, meinte er, daß er nicht zu einer Zeit trinken und
malen könne. Aber die an sich gute Ausrede glückte ihm
nicht, denn die Mutter des Kindes war dadurch erst auf
des Zeichners Thätigkeit aufmerksam geworden. Als sie
sah, wie aufmerksam der Maler ihr Kind ansah, stürzte sie
auf ihren kleinen Lumpenmatz los, nahm ihn auf den Arm
bedeckte ihn mit Küssen und rannte dann mit ihm eiligst
davon, als müsse sie ihr Kind vor einem bösen Zauber
schützen. Es trat nun eine Verstimmung ein, und wenn
ich auch meine schönsten Lieder sang, ich vermochte doch nicht
wieder die frühere Harmlosigkeit hervorzubringen. Wir zogen
denn bald unseres Weges weiter.

Was mögen jetzt wohl auf der kirgisischen Steppe für
Mären über uns im Schwange sein. Sicher erzählt man
da von zwei „ungläubigen Hunden", die sich in eines
Gläubigen Zelt einschlichen. Erst waren die Fremden voll
Freundlichkeit. Dann aber begann der eine gottlose Lieder
zum Saitenspiel zu singen, und der andere bannte eines
Kindes Züge auf ein weißes Blatt, so die Seele des armen
Kleinen bezaubernd. — — — —

Vier Tage und vier Nächte fuhren wir nun durch die
unendlichen Steppen des Irtisch gegen Süden. Zuweilen
pflückten wir an einem schilfumwachsenen Weiher Wasser-
lilien, ein ander Mal zeichnete Frost ein einsames Kirgisen-
grab und dann wieder tranken wir Kumys in den Filz-
zelten der Nomaden. Bald führte die Straße in der feuchten
Tiefebene entlang, wo ein herrlicher Blumenflor sich dem
entzückten Auge bot. Dann wieder ging es hinauf auf die
Höhen, wo die dörrende Sonne alles Pflanzenleben ver-
nichtet hatte.

Am Freitag kamen wir durch die kleine Kosakenstadt
Pawlodar. Die Hitze war geradezu unerträglich. Möglichst
leicht bekleidet saßen wir auf unserem Wagen, schnappten
nach Kühlung und jagten die großen, grünäugigen Pferde-
fliegen weg.

Ja, wir konnten kaum den Gedanken fassen, daß wir
diese Hitze in Sibirien durchmachten.

Am Irtisch selbst lagen viele Kosakendörfer. Dort lohnt
das feuchtwarme Klima Ackerbau und Gartenkultur, und
so stand denn auch beides in Blüte. Am Ufer wuschen
Frauen und Mädchen ihre Wäsche, und lustig plätscherten
halbnackte Kinder im Wasser herum.

Den letzten Teil des Weges legten wir in der Nacht

zurück. Wir fuhren im Zwielicht über öde Steppen, die wie
Wüsten aussahen.

Nach Mitternacht schlief ich ein und erwachte erst im
Morgengrauen, als wir an dem mit Laternen beleuchteten Kastell
von Semipalatinsk vorüber fuhren. Hoch ragten die Giebel
der Blockhäuser, die an der breiten, öden Straße standen,
empor. Die Straße selbst war mit Flugsand bedeckt, und
geräuschlos rollte in diesem unser Wagen dahin, wie eine
Gondel in den geheimnisvollen Kanälen der Lagunenstadt
Venedig. Die Offiziere, die in Semipalatinsk in Garnison
stehen, nennen die Stadt treffend genug „des Teufels
Streusandbüchse."

Düster und feierlich sah die Stadt aus, als wir einfuhren. Nur des Nachtwächters eintönige Klapper ließ sich
aus der Ferne vernehmen. Vor einem weißgetünchten Hause
hielt der Kutscher still und sagte, daß dies das „Hôtel
Sibirien" wäre. Nach langem Klopfen erschien endlich ein
Kellner und führte uns in eine heiße Stube im 2. Stockwerke. Dort setzten wir auf dem Fußboden unseren gestörten
Schlaf fort.

Die Stadt sieht deshalb so düster aus, weil der Flugsand nicht eine Pflanze aufkommen läßt. Ich glaubte bisweilen, in einer afrikanischen Stadt zu sein. Sah ich doch
die braunen Minarets der Tartaren, Priester mit weißen
Turbanen und langen Bärten, dann zweihöckrige Kameele,
auf denen braune Kirgisen saßen.

Semipalatinsk liegt am rechten Ufer des Irtisch. Es
hat etwa 15000 Einwohner, Russen, Kirgisen und Tartaren.
Die Provinzialregierung hat in der wichtigen Handelsstadt
ihren Sitz, durch die der ganze Verkehr der kirgisischen
Steppe geht. Die Provinz hat unter ihren 550000 Be-
wohnern 500000 Nomaden, die in 111000 Filzjürten leben.

Drei Millionen Stück Vieh, darunter 3000 Kameele, bilden den Besitzstand dieser Leute. Vierzig bis Fünfzig Karawanen gehen alljährlich nach der Mongolei und nach Mittelasien von Semipalatinsk aus. Sie führen Waren im Werte von 250000 Rubeln.

In den Morgenstunden, am Montag, machte ich dem Gouverneur, General Tscklinski meine Aufwartung und überreichte ihm meine Empfehlungen. Er hatte ganz zweifellos noch nicht unsertwegen Vorschriften von Petersburg aus erhalten. Er begrüßte mich freundlich, erlaubte mir, das Polizei-Gefängnis zu besichtigen und versprach mir auch ein offenes Empfehlungsschreiben an alle Beamten der Provinz.

Ich besah auf seine Empfehlung die Bibliothek, die in einem Blockhause mitten in der Stadt untergebracht war. Dort fand ich neben einem kleinen naturwissenschaft- lichen Museum eine gewählte Büchersammlung.

Von der Bibliothek ging ich nach der Irtischfähre hin- unter, die Semipalatinsk mit der gegenüberliegenden Kirgisen- ansiedelung verbindet.

Vor mir zogen einige Kirgisen dahin. Sie hatten vier Kameele bei sich, deren eins vor einen kleinen Wagen ge- spannt war. Am Wasser wurde das Tier ausgespannt, ihm der Wagen, Räder nach oben, auf den Rücken gelegt, und dann watete das Tier durch das Wasser hinüber an das andere Ufer.

Ein baktrisches Kameel mit seinen zwei Höckern sieht schon an sich komisch aus. Dies mit dem umgekehrten Wagen auf den Höckern ließ mich laut auflachen.

Das jenseitige Irtischufer liegt am Saume einer großen Wüste, die weit nach Süden herum sich erstreckt. Als ich dort ankam, wurde gerade eine Kameelkarawane abgeladen, die prächtige Seidenwaren und Teppiche aus Innerasien zu Markte brachte.

Es war schon später Nachmittag, als ich wieder im Hotel ankam. Dort saß Mr. Frost, der den ganzen Tag in der Tartarenstadt skizziert hatte. Bis elf Uhr Abends saßen wir ohne Rock und Weste am offenen Fenster und horchten auf die seltsamen Töne, die von der Tartarenstadt zu uns herüberklangen. Es war die letzte Nacht des Ramazans*), und alle Muhamedaner waren lebhaft auf den Beinen. Als es endlich stiller wurde, vernahmen wir auch die Klappern der Nachtwächter und die Rufe der Muezzins, die von den schlanken Minarets herabschallten.

Am Dienstag Morgen war die Stadt mit Kirgisen und Tartaren im Festgewande belebt. Drei Feiertage folgten jetzt der Fastenzeit. Um die neunte Stunde besuchte uns der Polizeichef, um uns auf Befehl des Gouverneurs durch die Stadt zu führen.

Als uns unser Führer fragte, ob wir Lust hätten, einem Wettkampfe zwischen Tartaren und Kirgisen beizuwohnen, waren wir gern dazu bereit, und bald brachte uns ein Wagen zu einem freien Platze außerhalb der Stadt, an dem bereits eine große Menschenmenge versammelt war. Die Zuschauer bildeten einen Kreis von etwa 10 Metern Durchmesser und bestanden fast nur aus Kirgisen und Tartaren, innen hockten einige Reihen, dann kamen mehrere Glieder Stehender, und dahinter hielten Reiter im Kreise. Bei dieser Anordnung konnten alle gut sehen. Der Polizeileiter führte uns durch die Menge hindurch, bis wir in der vordersten Reihe waren, wo die Sonne gewaltig brannte, und der Staub der Kämpfer uns umwirbelte.

---

*) Anm: Fastenzeit der Muhammedaner. Essen und Lustbarkeiten sind in dieser Zeit nur Nachts gestattet.

Die Anwesenden waren in zwei Parteien geteilt, die einander gegenüber saßen. Wir waren auf der Seite der Kirgisen. Jede Partei besaß zwei Kampfordner mit Rohrstöcken und grünen Röcken.

Die Zwei auf der tartarischen Seite wählten nun ihren Kämpfer und forderten die Gegner auf, ebenfalls einen Mann zu stellen.

Ein junger, hübscher Kirgise in blauer Mütze und rotem Gürtel stand einem stämmigen Tartaren gegenüber, der eine gelbe Mütze und einen grünen Gürtel anhatte. Prüfend sahen sie einander an, und dann erfolgte ganz plötzlich der Angriff. Jeder Gegner packte den anderen am Gürtel und suchte mit der freien Hand des Gegners Handgelenk, Arm oder Schulter zu packen. Die Köpfe waren fest aneinandergepreßt, und die Körper so vornübergebeugt, daß sie zusammen beinahe einen rechten Winkel bildeten.

Die Füße waren weit zurückgezogen, damit kein Gegner dem andern ein Bein stellen könnte.

Keinem gelang es eine Zeitlang, dem Gegner einen Vorteil abzugewinnen. Die Stirnadern schwollen an, und der Schweiß troff in Strömen von den dunkelbraunen Gesichtern. Endlich wich der Tartar zurück und zog mit aller Kraft den Kirgisen hinter sich her. So verlor dieser den festen Halt, und dann gab der Tartar ihm einen Stoß mit dem Fuß, daß er ins Taumeln geriet. Rasch machte sich der Tartar nun los, faßte den Gegner um die Hüfte und warf ihn über seinen Kopf weg zu Boden.

Der bedauernswerte Kirgise fiel mit solcher Kraft zur Erde, das ihm das Blut aus Mund und Nase schoß. Doch konnte er sich noch ohne Hülfe emporrichten und dann wankte er zu seinen Gefährten hin. Hinter ihm her jauchzten die Genossen des siegreichen Gegners.

Die Aufregung stieg noch). Neue Kämpferpaare betraten den Kampfplatz. Die Hitze, der Staub und die Ausdünstung der ohnehin nicht sehr reinlichen Menge waren fast unerträglich, aber noch immer fesselte uns das interessante Kampfspiel. Zur Aufrechthaltung der Ordnung waren zwei Polizisten da, doch waren diese ganz überflüssig, denn Alles ging gut ab. Die Besiegten waren nicht wütend, sondern lachten oft noch über ihr Mißgeschick.

Die Tartaren siegten im Verhältnisse 2:1 weniger durch ihre Stärke, als ihre Gewandtheit. Als wir um 5 Uhr den Kampfplatz verließen, war der Kampf noch im vollsten Gange.

— — —

## Fünftes Kapitel.
## Die große sibirische Heerstraße.

Am 28. August hatten wir uns einen neuen Fahrschein besorgt. Nun bestiegen wir unsern alten Tarantas und fuhren mit einem Dreigespann flotter Postpferde auf Irkutsk zu. Wir kamen jetzt von West- nach Ostsibirien, wovon diese Stadt der Hauptort ist. Irkutsk liegt etwa 1700 Werst von Omsk entfernt. Der Gouverneur Petukoff versprach uns einen offenen Empfehlungsbrief an alle die Offiziere der Eskorten, die unter seinem Befehle stünden. Auf diese Weise sollten die Etappengefängnisse uns zum Zwecke der Besichtigung zugänglich gemacht werden. Aber er vergaß wieder sein Versprechen oder hielt die ganze Sache überhaupt für unpassend, denn er hatte in unserer Wohnung politisch Verschickte angetroffen. Wir bekamen den Empfehlungsbrief nicht und mußten nun selbst zusehen, woher und wie wir uns den Zutritt verschafften.

Bei Atschinsk kamen wir zu der ersten Stadt Ostsibiriens. Es zeigte sich aber dort unseren Blicken nichts Besonderes. Wir kamen durch eine hügelige Gegend, die teilweise angebaut war, teilweise auch Waldbestände zeigte.

Zuweilen ging der Weg ganze Stunden lang durch ein dichtes Gehölz von Birken-, Pappel- oder Nadelbäumen, die jeden freien Ausblick hinderten. Ueber uns hatten wir dann den grauen Himmel und vor uns der schmutzigen Weg. Dann kam wieder einmal zur Abwechselung ein weites Wiesenland, dem offene Thäler folgten. Auf den Grenz-hügeln zogen sich bebaute Felder hin.

Obwohl das Wetter schon recht herbstlich kühl war, so trieben es die Stechfliegen immer noch sehr arg.

Zwischen Itaskaja und Bogotolskaja, etwa 80 Kilo-meter von Atschinsk, trafen wir auf das anmutigste und am schönsten bebaute Stück der ganzen Fahrt.

Das fruchtbare Hügelland stand bereits in herbstlicher Färbung da. Auf den blumigen Wiesen waren Silberbirken und Pappeln zu schauen, die Aehrenfelder standen voll reifer Früchte, und Mäher und Mäherinnen waren in bunter Tracht bei der Arbeit. Alles dies gab ein Bild so voll schöner Farben, das manches Malers Pinsel daran einen schönen Vorwurf gefunden hätte.

Die Dörfer in dieser Gegend sahen nicht allzu gut aus. Sie bestanden nur aus zwei Reihen Holzhäusern, die an der Straße aufgestellt waren. Nirgends bot sich dem Auge ein erfreuliches Grün dar, nur der Kranz, der vor der Schnapsschänke hing hatte eine solche Farbe.

Diese Schenken, deren viele und der verschiedensten Arten es giebt, bringen dem Staate ja eine bedeutende Ein-nahme für die meisten Bauern aber bedeuten sie den Untergang. Sie tragen die Hauptschuld daran, daß die

sibirischen Dörfer so arm und elend aussehen. In Westsibirien kommt auf 30 Schnapsschänken erst eine Schule
und in Ostsibirien ist die Verhältniszahl sogar 35: 1! Es
giebt eben in diesem Lande viel öfter die Gelegenheit, sich
zu betrinken, als zu lernen, und dementsprechend kann eben
kein Wohlstand und keine Ordnung dort aufkommen.

Die Begräbnisplätze der sibirischen Dörfer flößten mir
oft mehr Teilnahme ein, als die Dörfer selbst. Auf einem
Friedhofe sah ich wohl auf der Hälfte aller Gräber schwarze
Kreuze und ringsherum bunt angestrichene Holzgitter.
Manche Kreuze trugen die Aufschrift:

I. H. S. *)

An andern hing ein Holzbild des Gekreuzigten. Die
Beine daran waren meist sehr dünn und reichten bis auf
den Erdboden hinunter.

Der ganze Anblick hatte für mich stets etwas geisterhaft
Unheimliches an sich, obwohl auch hier die bunten Farben
zu sehen waren, die der Russe ja so liebt. Ich habe nie auf
einem Kirchhofe in einem anderen Lande dergleichen gesehen.

Ueberall hatte hier die Ernte ihren Anfang genommen.
Leer standen die Dörfer, denn alles, was nur irgendwie zur
Feldarbeit verwendbar war, schaffte draußen auf den Aeckern.
In einem ganz einsamen Dorfe sahen wir ein drolliges
Genrebild: ein etwa fünfjähriger Blondkopf, der nur ein
Hemdchen auf dem Leibe und eine Schelle um den Hals
hatte, strampelte lustig mit den nackten Beinchen in einer
Pfütze umher und knabberte vergnüglich an einer Mohr-
rübe. — —

Bei einem andern Dorfe sahen wir ein Pferd grasen,
das mit gewöhnlichen Handschellen gekoppelt war. Dieser

---

Anm: Jesus. Sohn. Heiland. (Griechisch: Jesòs Hyòs Sotér.)

Anblick brachte es uns in Erinnerung, daß wir uns in der Nähe einer Straffolonie befinden mußten. Ich hörte einmal erzählen, daß die russische Regierung eine ungehorsame Glocke peitschen und nach Sibirien senden ließ, weil sie so frech war und läutete, als man sie zog. Es war dies die berühmte Glocke von Uglitsch,*) die sich jetzt in Tobolsk befindet. Aber das schien mir denn doch sehr wunderlich, daß die Regierung jetzt auch Pferde, die nicht recht zuverlässig wären, nach Sibirien verbannte?! Hatte der Gaul vielleicht bei der Thronbesteigung eines neuen Zaren nicht fröhlich wiehern wollen? Meine Vermutung erwies sich als thöricht, denn der Postmeister erklärte mir sehr bald, daß das Pferd nur ein Ausreißer sei und mittelst der Handschellen vor weiteren Fluchtgelüsten gehütet werden sollte.

Zwischen Krasno-Retschinskaja und Bielojarskaja, etwa noch 32 Kilometer westlich von Atschinsk gelegen, passierten wir die Grenzen zwischen den Provinzen Tomsk und Jenisseisk. Die Scheidemarke ist durch zwei Ziegelpfeiler bemerkbar gemacht. An der Ost- und Westseite dieser Grenzbezeichnungen waren die Wappenschilder der betreffenden Provinzen angebracht.

Von hier aus mußten wir das Doppelte an Fahrgebühren bezahlen, aber weder die Schnelligkeit noch die Bequemlichkeit wuchsen in gleichem Maße auf der Reise.

Die Nahrungsmittel sind in Ostsibirien teurer, und dementsprechend sind die Fahrtgebühren erhöht. Den Verbannten gegenüber wird dies aber nicht in Anschlag gebracht. Sie erhalten immer nur zehn Kopeken für die Tagesverpflegung, gleichviel, ob das Brot zwei oder fünf Kopeken kostet, oder ob sie in West- oder Ostsibirien marschieren.

---

*) Anm: Dasselbe Kloster, das in Schillers Demetrius häufig genannt wird.

In Westsibirien kann der Verbannte mit dem ihm von der Regierung gewährten Gelde seinen Hunger stillen, in Ost= sibirien bleibt ihm nichts übrig, als zu hungern.

Am Dienstag, den ersten September, kamen wir nach Atschinsk, und nun setzte erst der schwierigste und ermüdenste Teil unserer Fahrt ein. Die Gegend änderte sich ganz plötzlich, denn sie wurde wild und gebirgig.

Die Straße führte in einer Länge von 100 Kilometern durch Bergwälder. Die einzelnen Bergkuppen waren durch enge, sumpfige Thäler von einander geschieden. Ein an= haltender Regen fiel hernieder, und unsere Pferde gaben sich furchtbare Mühe, den schweren Wagen auf die steilen Berge hinaufzuziehen und ihn durch den zähen Lehm in den Nie= derungen zu schleppen. Es war selbst da, wo die Straße unten fester war, der Weg von den vielen, schweren Wagen, die da entlang gingen, so ausgefahren, daß die ganze Straße voll tiefer Löcher war. Man hatte versucht, durch eine Art von „Knüppeldamm" den Weg fester zu machen, aber es war ein vergebliches Bemühen gewesen, der Weg wurde nämlich dadurch noch viel holpriger. Wir wurden selbst in unglaub= lichster Weise durchgerüttelt und zusammengeschüttelt. Sicher bin ich in der ersten Nacht gegen hundert Mal an Decke und Seiten des Wagens geworfen worden. Als wir am Morgen nach einer zwanzigstündigen Fahrt, in der wir nur 30 Kilometer weit gekommen waren, nach Jbrulskaja gelangten, hatte ich das Gefühl, als wären mir alle Knochen im Leibe zerschlagen. Mein Gefährte, Mr. Frost, sah sehr elend aus, so daß mir um seinetwillen ernstlich bange wurde. Aber er wollte nicht in dem mit Menschen übermäßig vollgepfropften Posthause bleiben. Wir tranken also etwas Thee und reisten dann nach Krasnojarsk weiter.

Vier Tage lang bestand unsere Nahrung nur aus Thee

und Brot. In einem einzigen Posthause war etwas Fleisch zu haben.

Niemals auf meinen Reisen habe ich eine elendere Straße gefunden, als die war, welche von Atschinks nach Krasnojarsk führte. Mit einem Gefühle der Befriedigung geradezu hörte ich in Ustanofskaja, daß der neuernannte Gouverneur von Ostsibirien, General Ignatieff, kürzlich dieselbe Fahrt gemacht habe, wie wir jetzt. Er sei über den Zustand der Straße auf das Höchste entrüstet gewesen und hätte sofort den Unternehmer verhaften lassen, der es seiner Zeit übernommen hatte, die Straße im Stande zu halten. Das war wenigstens einmal eine verständige Benutzung russischer Beamtenmacht!

Am Mittwoch Abend, den 2. September, kamen wir in Krasnojarsk an. Wir hatten ohne große Unterbrechung in 5 Tagen 600 Kilometer mit dem Wagen zurückgelegt. Das kleine Hôtel neben dem Posthause bot uns ein gutes Nachtessen und ebensolche Ruhe, so daß wir uns wieder etwas kräftigten.

Am nächsten Tage machten wir dem reichen Bergwerks= besitzer Herrn Leo Petrowitsch Kuinetsoff einen Besuch. Wir hatten an ihn ein Empfehlungsschreiben abzugeben.

Wir hatten vorher nicht gedacht, daß wir so reichen Luxus und so schöne Gesellschaft hier in Sibirien finden würden.

Ein Diener öffnete und führte uns in das vornehmste Empfangszimmer, das wir jemals in Rußland gesehen hatten. Es war etwa 20 Meter lang, 12 Meter breit und 7 Meter hoch. Das Parquet des Fußbodens bedeckten zum Teil persische Teppiche. In den Nischen der hohen Fenster, an denen prächtige Gardinen befestigt waren, standen Palmen

und andere Topfpflanzen. Ein großer Spiegel warf das
Bild des prächtigen Raumes zurück. In dem Marmorkamin flackerte lustig ein Birkenholz=
feuer. An den Wänden hingen die Oelgemälde erster Meister.
Unter ihnen standen an der Wand Schränke aus poliertem
Holz, die allerlei Nippessachen trugen. Elfenbeinschnitzereien
und schönes Porzellan war darunter, dessen sich kein Museum
hätte schämen brauchen. Wertvolle Möbel und ein kostbarer
Flügel vollendeten die Einrichtung des herrlichen Raumes.
Noch war unser Erstaunen nicht vorüber, da trat ein
junger, schlanker Mann in das Zimmer. Er war elegant
gekleidet, hieß uns in gutem Englisch willkommen und stellte
sich dann als Herr Innozenzi Kusnetsoff vor. Bald lernten
wir auch die andern Familien=Mitglieder kennen; es waren
im ganzen drei Brüder und zwei Schwestern. Sie waren
sämtlich unverheiratet und bewohnten das prächtig ein=
gerichtete Haus gemeinsam. Alle, auch die Damen, sprachen
fließend englisch. Sie hatten in Amerika Reisen gemacht und
dort in den größten Städten sich aufgehalten. Herr Innozenzi
wußte sogar in meiner Heimat besser Bescheid als ich. Er
hatte zweimal den Kontinent durchkreuzt, hatte in den
Prairien des Westens Büffel gejagt und kannte General
Sheridan, Buffalo Bill und Kapitän Jack persönlich. Ja,
sogar das so weltferne Gebiet des Yellowstone National=
park *) war ihm nicht fern.
Es kann sich Jeder vorstellen, wie angenehm es uns
sein mußte, nachdem wir monatelang nur in schmierigen
Posthäusern und Gasthöfen voll Flöhe und Wanzen uns
aufgehalten hatten, als wir jetzt mit gebildeten Frauen und
Männern reden konnten. Endlich war doch einmal nicht

---

*) Vergl. „Amerika" des Herausgebers, im gleichen Verlag.

immerwährend von Gefängnissen und Verbannten und sonstigen aufregenden Erzählungen die Rede!

So lange wir in Krasnojarsk blieben, speisten wir bei dieser reizenden Familie. Dort trafen wir auch recht gute Gesellschaft an. So denke ich noch heute mit Freuden an einen Herrn Iwan Sawenkoff, Direktor der Normalschule in Krasnojarsk. Er hatte erst vor kurzer Zeit eine archäologische Forschungsreise in die Gegend des oberen Jenissei gemacht. Interessante Zeichnungen und Abbildungen brachte er von dort mit. Herr Innozenzi Kusnettsoff beschäftigte sich ebenfalls mit Archäologie. Er besaß eine wertvolle Sammlung von sibirischen Altertümern aus der Stein- und Bronzezeit.

Am Donnerstag besuchten wir ein Kloster, das circa 10 Kilometer von der Stadt entfernt liegt. Es ist dies ein sehr beliebter Ausflugsort der Bewohner der Stadt. Die Straße führt flußaufwärts und ist ein Meisterstück der Wegebaukunst der Mönche. Sie ist sogar stellenweise in die Felsen gehauen, die dicht an den Fluß herantreten. An einigen Orten ging sie sogar auf mächtigen Bogenbrücken über den Fluß hinweg. Da, wo einzelne Felsen etwas heraussprangen, bot sich dem Auge ein prächtiger Ausblick über den Fluß dar.

Letzterer besitzt hier eine Breite von 1½ Kilometer und strömt zwischen den schöngeformten Bergen dem nördlichen Eismeere zu.

Unsere Freunde machten den Versuch, uns zu einem längeren Aufenthalt in Krasnojarsk zu bereden, aber ohne Erfolg. Unsere Zeit war zu weit vorgeschritten, und wir durften deshalb keine Stunde mehr daran geben. Es wurde uns naturgemäß schwer, all den hübschen Arrangements, die unsertwegen getroffen waren, wie Picknicks u. s. w. zu entsagen und wieder auf den rumpelnden Wagen zu steigen und all die Leiden der Fahrt durchzumachen, aber es half kein Zögern. Schon nahte der Winter und noch ehe er in das Land kam, mußten wir die Minen in Transbaikalien erreichen, d. h. eine Entfernung von 2000 Meilen zurück=legen!

Am Sonnabend, den 5. September, bestellten wir uns Postpferde, besorgten uns Brot, Thee und kleines Geld, packten Alles auf unseren alten Reisewagen und setzten dann unsere Reise auf Irkutsk fort.

Den Jenissei überfuhren wir auf einer Fähre.

Das Wetter war recht sonnig und angenehm, aber das bunte Laub, das ständig von den Bäumen fiel, mahnte uns daran, daß die Natur sich zum Schlafe rüstete. Das Laub der Pappeln war schon rot, und gelb hoben sich die Birken=blätter gegen das Dunkelgrün der Tannen ab. Auf den weiten Feldern des Jenisseithales und auf den niederen Hügeln waren viele Männer und Weiber bei der Ernte thätig. Sie hatten zum Schutze gegen die Bremsen ihre Gesichter mit Masken aus Roßhaaren verhüllt.

Ohne Aufenthalt fuhren wir dahin. Am Mittwoch erst machten wir am Morgen in Kamischetskaja Halt. Wir waren noch etwa 600 Kilometer von Irkutsk entfernt und mußten hier anhalten, um unsern Wagen flicken zu lassen. Der Dorfschmied war in seiner Schmiede, die neben dem Posthause lag. Als wir ankamen, war er gerade dabei, ein Pferd zu beschlagen. Seine Tochter lieh ihm bei dieser Arbeit hülfreiche Hand. Er hatte dazu sehr umfangreiche Vorsichtsmaßregeln getroffen, so daß wir uns sagten, daß die sibirischen Pferde entweder sehr wild sind, oder die Huf=schmiede dort zu Lande nur wenig von ihrem Geschäfte verstehen.

Das arme Pferd hing an zwei breiten Leibgurten frei in der Luft. Drei Füße waren an Pfosten gebunden, der vierte wurde eben beschlagen.

Auf mein Befragen erfuhr ich, daß dies die allgemeine Art des Hufbeschlages in Sibirien sei.

Während an unserem Wagen noch gearbeitet wurde, holte uns die Post von Moskau aus ein. Die russischen Post= stücke werden in großen, mit Eisenstange und Vorlegeschlössern verschließbaren Ledersäcken auf Wagen*) befördert. Die Begleitung des Postzuges geschieht nur durch einen bewaff= neten Postillon. So viel mir bekannt ist, giebt es für die Poststücke keine Höchstgewichtsbestimmung; ich selbst habe ein= mal einen Kasten mit der Post gesendet, der 40 Pfund schwer war. Daher geschieht es oft genug, daß ein einziger Postzug zwanzig Wagen für sich braucht. Alle Tage kommt in Irkutsk die Post von Moskau an. Dreimal geht sie in der Woche von Irkutsk zurück. Die Post geht stets den Privatreisenden vor. Daher kommt es denn, daß letztere bisweilen ganze Stunden auf den Stationen warten müssen, da alle Pferde von der Post mit Beschlag belegt sind.

So ging es auch uns hier.

Wir konnten erst Nachmittags um 2 Uhr weiterfahren, obwohl unser Wagen weit eher in Ordnung war.

Ohne irgend einen längeren Aufenthalt fuhren wir nun Tag und Nacht hindurch nach Irkutsk. Ab und zu nur hielten wir an und besahen ein Etappengefängnis oder beobachteten einen Gefangenentransport, der im Regengusse, kettenklirrend zu den Bergwerken in Transbaikalien zog.

---

*) Anm. des Herausgebers: Wer Gelegenheit hat, versäume nicht, im Berliner Postmuseum die allerliebsten (russischen) Modelle der Russischen Post zu betrachten. Er findet da Manches, das Kennan beschreibt, dargestellt.

6*

Manche dieser Züge sind acht Wochen auf dem Marsche, um die Entfernung zu durchmessen, zu der wir so viel Tage nötig hatten. Unmöglich konnten sie vor dem Beginn der harten Winterszeit zu ihrem Ziele kommen. Ein Blick auf die verhärmten Gesichter war genügend, um eine Vorstellung zu erwecken, von den Leiden und Entbehrungen, die die Bedauernswerten bereits durchgemacht hatten.

Das Leben der Verschickten auf dem Marsche birgt alle nur denkbaren Mühsale und Leiden in sich. Während wir von Tomsk nach Irkutsk reisten, hatte ich oft Gelegenheit, auf dem Marsche im Regen oder Sonnenschein Verschickte zu beobachten. Ich sah die elenden Baracken, in denen die Bedauernswerten Nachts wie eine Herde Vieh eingesperrt werden. In die Krankenhäuser ging ich, wo sie oft ganze Wochen lang liegen, ohne daß eines Arztes Hand sich ihrer erbarmt.

Ich hatte aber auch Gelegenheit, mit einsichtsvollen Beamten Rücksprache zu nehmen. Diese Herren besaßen die genaueste Kenntnis des ganzen Verschickungssystemes. So kam ich denn zu der Ueberzeugung, die ich hier aussprechen muß.

Die gebräuchliche Art der Verschickung nach Sibirien bringt ein Elend hervor, das in der ganzen Kulturwelt einzig dasteht!

Manches wird ja thatsächlich durch Nachlässigkeit, Mangel an Mitleid und Zugänglichkeit für Bestechungen und Durchstecereien von Seiten der Beamten verschuldet. Die Hauptursache aber liegt in dem grausamen System!

Dieses müßte gänzlich beseitigt werden. Es müßte verschwinden, und an seine Stelle die auf Jahre oder Lebensdauer festgelegte Haft im europäischen Rußland treten!

Man braucht nicht gerade viel Nachdenken dazu, um

einzusehen, daß 6000—8000 Männer, Weiber und Kinder, selbst wenn sie noch so kräftig sind, nicht 3000 Kilometer in einem Lande, wie Sibirien es ist, marschieren können, ohne daß sie in furchtbarster Weise körperlichem Elende aus= gesetzt werden.

Es genügt allein die körperliche Anstrengung dazu, die eine riesige ist, um die festeste Gesundheit bis an die Wurzeln zu untergraben. Treten dazu nun noch Mangel und Ent= behrungen aller Art, so ist es wahrlich kein Wunder, wenn so viele von den Leuten zu Grunde gehen.

Es ist vielmehr ein Wunder zu nennen, daß überhaupt noch so viele mit dem Leben davonkommen!

Diejenigen Transportkolonnen, die im Juli oder August von Tomsk aufbrechen, kommen zeitiger in die Regengüsse des Herbstes und die Kälte des Winters hinein, ehe sie an ihr Ziel, nach Irkutsk, gelangen.

Es sind noch keine Winterkleider an die Armen aus= gegeben worden, und sie haben keinen anderen Schutz gegen die Kälte und die Unbilden des Klimas, als ein grobes Leinenhemd, eine leinene Hose und einen grauen Rock aus leichtem Zeuge!

Und nun denke der Leser sich solch einen Transport, der im kalten Nordoststurm, im eisigen Regen auf der Straße von Atschinsk nach Krasnojarsk marschiert!

Alle sind sie bis auf die Haut durchnäßt.

Die schwächsten Frauen, die Kinder und die Kranken kauern in den kleinen, rüttelnden Fuhrwerken. Sie haben nur ein wenig Stroh dort, und dieses ist naß!

Fröstelnd, mit den Zähnen klappernd, sind sie ohne jeden Schutz dem Wüten von Wind und Wetter preisgegeben.

An vielen Stellen ist tiefer Morast auf dem Wege.

Die Karren sinken ein und legen so in der Stunde 3 Kilometer zurück.

Viele von den Marschierenden, die noch mit Fesseln versehen sind, kommen durch die gewaltige Anstrengung des Marsches in Schweiß. Dann dampfen die überhitzten Körper unter den nassen Sachen in der kühlen Luft.

Eine große Anzahl hat die Schuhe ausgezogen oder sie auch im Kot stecken lassen und wandert nun barfuß durch den eiskalten Schlamm.

Im Sommer und Herbst bekommen die Verschickten, wahrscheinlich aus Gründen der Sparsamkeit, pantoffelähnliche Schuhe, sogenannte Kottih.

Aus dem allerbilligsten Material werden diese in Massen angefertigt, und die Vorschrift bestimmt, daß sie sechs Wochen halten sollen. Aber gewöhnlich sind sie schon in ebenso vielen Tagen unbrauchbare Lappen.

Ein hoher Beamter aus der Verbannungsverwaltung erzählte mir, es sei gar nicht selten, daß Gefangene mit neuen Schuhen an den Füßen aus Tomsk oder Krasnojarsk abmarschierten. Schon auf der zweiten Etappe kämen sie barfuß an!

Aber selbst wenn diese Schuhe dauerhaft wären, so haben sie doch einen Hauptfehler, der darin besteht, daß sie nie recht passen, daß sie keinen Riemen haben, um sie irgendwie zu befestigen, und daß sie so niedrig sind, daß aller Kot und alles Schmutzwasser ungehindert in sie hineinlaufen.

Das erschwert dann natürlich Alles den an sich schon schweren Marsch noch mehr. Darum ziehen die Leute lieber die Schuhe aus und tragen sie zusammengebunden um den Hals gehängt, oder sie werfen sie ohne weiteres fort und laufen ganze Tage im Kot, der beinah gefriert.

Kommen diese durchweichten, müden und hungernden

Leute an ein Bauerndorf heran, so bittet der „Starosta", der „Aelteste," gewissermaßen der Sprecher der Gefangenen, den Offizier der Eskorte, um die Erlaubnis, daß die Gefangenen beim Passieren des Dorfes den „Bittgesang" singen dürfen. Dies wird ihnen selten abgeschlagen.

Die Gefangenen wählen nun einige aus ihrer Mitte, welche die milden Gaben in Empfang nehmen sollen. Wenn dann der Zug das Dorf betritt, fangen alle, die ohnehin schon langsam gingen, an, ganz müde dahinzuschleichen, als wenn ihnen jede Kraft der Vorwärtsbewegung abhanden gekommen wäre.

Alle nehmen die Mützen ab und nun beginnen sie ihren furchtbaren Gesang, der sich in herzzerreißenden Worten und Weisen an das menschliche Mitgefühl wendet.

Nie in meinem Leben werde ich den Eindruck vergessen, den dieser Gesang, als ich ihn zum ersten Male hörte, auf mich machte.

Es war ein rauher Herbsttag. Wir saßen in einem schmierigen Posthause und lauerten auf neue Pferde. Da traf ein eigenartiger, zitternder Klang mein Ohr, der nicht von Menschenstimmen herzurühren schien. Es war das kein weltliches Lied, es war kein Kirchenlied, und es war kein Trauerlied. Und doch lag von allen dreien etwas darin.

Wir standen auf, gingen vor das Haus und erblickten nun, von Soldaten umgeben, eine Schaar gefesselter Sträflinge. Sie kamen barhäuptig näher und sangen den „Bittgesang der Verbannten."

Sie gaben sich nicht Mühe, ihre Stimmen zusammen zu halten, sprachen die Worte nicht zu gleicher Zeit aus; Pausen hielten sie ebenso wenig inne, wie einen bestimmten Rythmus. Es machte den Eindruck, als wenn sie einer

nach dem andern, jeder auf eigene Faust, dieselbe traurige
Melodie anstimmten.

So wurde das Lied hundertstimmiger Canon oder eine
rohe Fuge.

Der Gesang lautete etwa folgendermaßen:
„Habt Erbarmen mit uns, Väterchen!
Gedenket der müden Wanderer!
Gedenket der armen Gefangenen!
Speist und helft uns, Väterchen!
Habt Mitleid mit uns, Väterchen!
Erbarmt Euch unser, Mütterchen!
Um Jesu willen, erbarmt Euch!
Erbarmt Euch der Eingekerkerten!
Hinter Stein und Gittern,
Hinter Schlössern von Eisen
Schmachten wir Armen.
Getrennt von Mutter und Vater,
Geschieden von Bruder und Freund
Sind wir Gefangene.
Erbarmt Euch unser, Väterchen!"

Wer diese Wort nicht gehört hat, wie sie langsam von
Hunderten unglücklicher Menschen halb gesungen und halb
gesprochen wurden, wie die Ketten dazu die Begleitung
klirrten, der kann sich nicht denken, wie furchtbar erschütternd
dieser „Bittgesang" wirkt. All der Jammer, all das Elend,
all die Not und Verzweiflung, die Tausende in Bergwerken
und Gefängnissen durchmachen, tönte aus diesen Tönen
wieder.

Langsam zogen die Gefangenen ihre Straße dahin. Da
traten Weiber und Kinder aus den Häusern und legten
Brot, Fleisch und Eier in die großen Säcke, die die vier
Gefangenen hinhielten, denen die Einsammlung übergeben war

Das Kettengeklirr verstummte nach und nach. Aber uns war es bange um das Herz geworden, und der Himmel schien uns trüber auszusehen.

Bei der ersten Rast, den der Transport macht, werden nun die gesammelten Speisen ausgeteilt. Ist dann Alles verzehrt, denn setzt die Kolonne etwas erfrischt ihren Marsch fort. Müde und durchnäßt kommen die Leute spät Abends im Etappengefängnis an. Dort erhalten sie ihr Nachtessen, werden eingeschlossen, gezählt und schlafen dann. Sie liegen in den nassen Kleidern auf den Pritschen oder dem Fußboden und rücken dicht aneinander, um sich doch wenigstens etwas zu erwärmen. Der oder jener hat wohl noch ein anderes Kleidungsstück in einem Sacke bei sich, aber es ist im Regen auch durchweicht.

Regenplanen könnte die Regierung sicher doch anschaffen! Es würde das die Transportkosten nicht mehr erhöhen, als das Begräbnis der Armen kostet, die in Folge der nassen Kleider zu Grunde gehen.

Warum thut dies aber die Regierung nicht?

Nun, die Beamten, welche ein Einsehen für diese Zustände besitzen, haben nicht die Macht, Aenderungen zu treffen. Die aber, welche die Macht dazu hätten, wollen in Sibirien keine Verbesserungen vornehmen.

Warum? — Ja, diese Frage drängte sich in Sibirien oft auf meine Lippen, und ich fand und erhielt keine Antwort darauf.

„Oft habe ich schon vorgeschlagen", erzählte mir eines Tages ein hoher Beamter des Verschickungswesens, „man möchte im Sommer die Verschickten in Wagen an ihre Verbannungsorte bringen. Ich habe zahlenmäßig bewiesen, daß so der Transport von Tomsk nach Atschinsk pro Kopf, um vierzehn Rubel sich billiger stellen würde, abgesehen davon, daß er auch viel menschlicher wäre."

„Und warum ging man auf Ihren Vorschlag nicht ein?" fragte ich.

Der Beamte zuckte mit den Achseln.

Ein anderer Beamter teilte mir mit, daß er schon wieder= holt den Unternehmern die gefertigten Sträflingskleider zurückgegeben habe, weil letztere unbrauchbar gewesen seien. Er habe schließlich nach oben hin Anzeige gemacht.

Ein letzter Fall möge die Sache illustrieren.

Wir waren nach Irkutsk gekommen, und ich besuchte dort eines Tages den Gouverneur der Provinz, einen Herrn Petroff. Bei Letzterem traf ich den Inspektor für den Ver= bannungstransport in Ostsibirien, Herrn Oberst Sagarin.

Dieser hatte einige Proben der zuletzt gelieferten Schuhe bei sich. Er ersuchte den Gouverneur, sie mit den Mustern zu vergleichen, die der Lieferant s. Z. eingereicht hatte. Es müßten diese Waren zurückgegeben und eine Untersuchung eingeleitet werden.

Der Betrug war völlig klar, und die Schuhe solches Schundzeug, daß sie nach einigen Tagen Tragezeit in Fetzen fallen mußten.

Ich glaubte ganz bestimmt, daß in dieser Sache etwas geschehen werde.

Als ich fünf Monate später aus den Goldgruben in Transbaikalien heimkehrte, fragte ich den Obersten, welchen Erfolg seine Eingabe von damals gehabt habe.

Er erwiederte mir ruhig: „Gar keinen!"

„Diese Schuhe haben wirklich die Leute zum Gebrauche bekommen?"

„Ja!" — ·

Ich fragte nicht weiter.

Viel, viel ließe sich da noch schildern. Aber nirgends trifft für Rußland das nationale Sprüchwort zu: „Der Himmel ist groß und der Zar ist weit," wie für Sibirien.*)

Es liegt auf der Hand, daß die unglücklichen Gefangenen, so es nur irgend angeht, durch die Flucht sich den furchtbaren Qualen zu entziehen suchen.

Die älteren, „erfahrenen" Gefangenen tauschen oft ihre Namen mit denen solcher, die schnell an ihren Bestimmungsort gelangen sollen. Doch wird dem jetzt durch die Photographie ein Ende bereitet.

Andere versuchen es, sobald sich nur irgend eine Gelegenheit dazu bietet, unter Hurrah die Postenkette zu durchlaufen.

Sofort pfeifen ihnen die Kugeln aus den stets scharf geladenen Berdangewehren der Soldaten nach. Wer tot zusammenbricht, ist aller Leiden enthoben. Manchem aber glückt doch die Flucht, zumal wenn er des Walddickichts schützendes Versteck erreichen kann.

Im Gebüsche befreit der Gerettete sich von seinen Fesseln, die er durch Klopfen zu erweitern sucht.

Langsam geht der Transport nach Osten. Die Befreiten aber streben dem Ural, der alten Heimat zu.

Und nun auf, von Irkutsk nach Transbaikalien! Weg von den traurigen Bildern zu fröhlicheren, — soweit es deren in Sibirien giebt!

———  —

Anm: des Herausgebers: Hoffen wir, daß der neue Zar, von dem so viel Edles bis jetzt in die Welt gedrungen ist, dieses Sprüchwort Lügen straft!

Sechstes Kapitel.

## Die russische Polizei.

Ehe wir nun noch das interessanteste Abenteuer unserer ganzen Reise hier beschreiben, wollen wir einen kurzen Blick auf eine Einrichtung werfen, welche in Rußland eine ganz ungeheure, große Rolle spielt, nämlich auf die russische Polizei. Ist diese schon im europäischen Rußland von ganz gewaltiger Bedeutung, so ist sie es noch mehr und in noch weit höherem Grade im asiatischen Rußland, in Sibirien. Die russische Polizei hat das Bestreben, jeden, auch den kleinsten Schritt der Unterthanen im Auge zu behalten, denn nur so ist es ja möglich, bei dem eigenartigen Leben, welches die Verbannten in Sibirien führen, diese in Schranken zu halten. Die Verhältnisse, unter denen die auf dem sogen. administrativen Wege verschickten Verbannten im asiatischen Rußland leben, unterliegen in den außerrussischen Ländern höchst sonderbaren, zuweilen ganz falschen Ansichten. Man nimmt dort an, daß ein Verbannter im asiatischen Rußland, ein höchst elendes, grauenvolles Leben unter Entbehrungen und Qualen führt. Es stimmt dies im allgemeinen nicht. Die politischen Verbannten leben auch dort ganz ihrem Berufe gemäß, den sie im europäischen Rußland gehabt haben. Sie sind als Lehrer, als Aerzte oder als Privatgelehrte angestellt und so gelingt es diesem oder jenem, wenn auch zunächst nur unter großen Schwierigkeiten sich eine solche Stellung zu verschaffen, welche ihm ein ehrenvolles Auskommen sichert. Wenn sie auch bei dem schnellen Abzug, dem die Verschickten auf dem administrativen

Wege meist ausgesetzt sind, ihre Habseligkeiten und Besitz-
tümer mit sich zu nehmen nicht in der Lage sind, so tragen
doch fast Alle ausnahmslos ein Gut bei sich, das ihnen keine
Macht auf Erden außer schwerer Krankheit entreißen kann:
das ist ihr Wissen, ihre Kenntnisse, die sie sich durch langes
und eifriges Studium erworben haben. Freilich ist da recht
oft ein Punkt vorhanden, der für die so schnell aus ihren
Verhältnissen Herausgerissenen sehr schwerwiegend ist. Bekanntlich beschäftigen sich die Studenten und Studentinnen
Rußlands außerordentlich viel mit politischen Fragen. Der
Student in andern Kulturländern, besonders in Deutschland,
ist ein ganz andrer Mensch als der russische Student oder
die Studentin. Denn während erstere ihren Berufsstudien,
auf den Universitäten, in ihren Erholungsstunden schöne
Wissenschaften und Künste treiben und, wenn sie dann noch
Zeit und Geld übrig haben, die goldenen Jahre der Freiheit
dem Vergnügen weihen, ist dies bei dem russischen Studenten
völlig anders. Oft ist er verheiratet. Seine Gattin liegt
selbst einem gelehrten Berufe ob, und für beide giebt es
außerdem noch ein anderes Streben, das ihre Thätigkeit
auf das eifrigste fesselt, nämlich die Politik. Sie wissen,
in ihrem eigenen Vaterlande sieht es noch recht trübe aus.
Die allgemeine Bildung des Volkes ist sehr gering. Besonders der Muschik, der Bauer, steht auf einer unglaublich
niedrigen Kulturstufe. Freilich, bei einem großen Teil der
Edelleute sieht es mit der Bildung auch nicht anders aus.
Da strebt denn der russische Student, der recht oft mit wenigen
Mitteln, aus armer Familie stammend, die Hochschule be-
zieht, vor allen Dingen dahin, seinem unterdrückten oder
sagen wir besser, seinem geistig beschränkten Volke aufzuhelfen,
wo er nur immer kann. Er will weiter nichts, als Bildung
und Wissen verbreiten und sein Volk von der geistigen Nacht,

die auf ihm ruht, erlösen. Damit aber arbeitet er der Regierung durchaus entgegen. Die Regierung will nun einmal nicht, daß Bildung in die breiten Schichten des Volkes eindringe. Es kann hier nicht meine Absicht sein, das Berechtigte oder Unberechtigte dieser Ansichten der Regierung Rußlands klar zu legen. Und wenn nun solche Leute, die Bildung und Wissen verbreiten wollen, der Regierung unbequem werden, da hat sie denn ein Mittelchen, solche ihr unangenehmen, unruhigen Köpfe bei Seite zu schaffen, so daß sie nicht mehr überlästig werden können. Und dies Mittelchen ist die Verschickung auf administrativem Wege nach Sibirien. Es wird einfach von einem Gouverneur irgend eines Bezirkes verfügt, daß der Dr. so und so nach Sibirien zu transportieren sei. In der Nacht hält plötzlich vor dem Hause desjenigen, der verschickt werden soll, ein verschlossener Wagen, der von berittenen Polizeisoldaten umgeben ist. Ein Polizeioffizier bringt die Ordre des Gouverneurs, daß der Verhaftete sofort den Wagen besteigen soll und damit ist sein Schicksal entschieden. Der Wagen führt ihn nach Sibirien. Die Familie kann dann nachkommen. Nehmen wir nun den Fall an, in dem eine Familie wohlbehalten nach Sibirien gelangt, denn oft gehen dieselben unterwegs zu grunde, dann wird eben vor allen Dingen aufs neue gearbeitet. Daraus bilden sich dann die Pioniere der Kultur, die in Sibirien thatsächlich eine solche geschaffen haben. Freilich — und damit gelange ich zu dem Ausgangspunkte dieser langen Betrachtung zurück, diese verhältnismäßig günstige Position können nur die in Sibirien erobern, welche bereits ihre Universitätsstudien mit dem Abschlußexamen vollendet hatten und sich in der Ausübung eines Berufes befanden. Schlimm dagegen, sehr schlimm ist das Verhältnis für die Studenten und Studentinnen, die von der Universität weg verschickt sind.

Ihnen fehlt der gründliche Ausbau ihres Wissens und mit diesem schwachen Rüstzeuge können sie in Sibirien nicht viel anfangen. Meist sind sie durch die Not dann gezwungen, jedem gelehrten Berufe zu entsagen und als Handwerker oder sonstwie in praktischer Beschäftigung sich ihren Lebensunterhalt zu suchen, der manchmal auch ein recht guter wird.

Während ich aber die Verhältnisse schilderte, war ich oft genug gezwungen, an die allmächtige russische Polizei zu denken, und um diesen Punkt komme ich nicht herum. Ich muß wieder auf ihn eingehen. Denn die Leser meiner Mitteilungen und Beobachtungen, welche für die gesamte gebildete Kulturwelt bestimmt sind, werden sich von der Bedeutung dieser Polizei kaum eine Vorstellung machen können, wenn sie sie nicht geschildert erhalten. Selbst die geringfügigsten Sachen und Angelegenheiten, welche in andern Kulturstaaten dem Ermessen der Bürger oder selbst einer nicht ganz kleinen Gruppe von Männern übertragen werden, werden im „heiligen Rußland" durch die Kaiserliche Polizei unter Leitung des Ministers des Innern geregelt. Wenn sich ein Russe mit der Absicht trägt eine Zeitung zu gründen, muß er zu diesem Zwecke vom Minister des Innern die Erlaubnis erhalten. Wenn jemand Sonntags Unterricht erteilen wollte oder vielleicht in irgend einem Winkel von St. Petersburg oder auch bei den Wilden in Kamschatka eine Schule gründen möchte, so darf es dies nicht, wenn er nicht von dem Minister für das öffentliche Unterrichtswesen die Erlaubnis dazu eingeholt hat. Ebenso geht es jedem, der ein Konzert geben oder vielleicht eine Gemälde-Ausstellung zu einem wohlthätigen Zweck veranstalten will; er muß vor allen Dingen die Erlaubnis des Ministers des Innern oder eines seiner Vertreter einholen. Dann muß das Programm der Vorstellung oder die ganze Idee der Ausstellung dem betreffen-

den Beamten unterbreitet werden. Der Censor giebt dann
auch noch seinen Senf dazu, und nun erst kann im günstigsten
Falle die Sache losgehen. Zeitungshändler auf der Straße
bekommen besondere Erlaubnis dazu, auf der Straße ihrer
Beschäftigung nachzugehen. Materialwaren-Händler, Buch-
drucker, Photographen oder Buchhändler dürfen ihr Geschäft nur
eröffnen, wenn sie dazu die Erlaubnis der Polizei haben. Ja,
ich will aber noch einige krassere Fälle anführen. Nehmen wir
an, ein Student will eine öffentliche Bibliothek besuchen. Dort
wünscht er vielleicht ein bekanntes Buch über die Naturwissen-
schaften aufzufinden, weil er dieses Buch unbedingt für die von
ihm getriebenen Studien braucht, da sieht er denn zu seinem Erstaunen, daß dieses Werk sich nicht in dem Katalog befindet. Irgend
einer von den geistvollen Beamten, der natürlich nicht das Geringste von der Sache versteht, hat das Buch für „staatsgefährlich"
gehalten und befindet es sich deshalb nicht unter den Büchern
der betreffenden Sammlung. Ein anderer Student, der
Mediziner ist, hat mit Fleiß und Energie seine Studien be-
trieben und hat an deren Ende seine Prüfung als Arzt bestanden. Nun ist es in anderen Ländern selbstverständlich,
daß er von dem Augenblicke an, wo er das ärztliche Zeug-
nis erlangt hat, auch die Praxis als Arzt ausüben kann.
In Rußland ist das aber nicht der Fall; dort hat er eben
erst die Erlaubnis einzuholen, ob er nun die Besuche als
Arzt machen darf. Ich könnte die Beispiele bis an das Un-
gemessene ausführen. Mag es aber mit diesen genug sein!
Jedenfalls überwacht die russische Polizei, an deren Spitze der
Minister des Innern steht, mittels des Paßzwanges das Hin und
Her aller Reichsbewohner. Tausende von Menschen stehen unter
Aufsicht der russischen Polizei. Sie weiß sich durch tausende von
Vorschriften den Gehorsam des Volkes zu erzwingen. Damit
unsere Leser einmal eine kleine Vorstellung bekommen, welche

unendliche Menge von verschiedenen Maßregeln seitens der Polizei in Rußland ausgeübt werden, will ich jetzt hier einige Titel von den Ministerial-Reskripten anführen, welche der Minister des Innern in den Jahren 1880—1884 erließ. Diese Bestimmungen wurden dazu geschrieben, daß den Gouverneuren der rufischen Provinzen eine Richtschnur in die Hand gegeben werden sollte. Sie lauten folgendermaßen:

1. „Der Religionsunterricht in den Laienschulen ist folgendermaßen zu regeln: — 2. Besondere Fälle, wann Kranken oder verwundeten Armeeoffizieren Mineralwasser zu reichen ist. — 3. Verfügungen über Aufdruck auf Zigarettenpapier. — 4. Versammlung der Schullehrer. — 5. Ueberwachung und Regelung des Transportes von Tierknochen. — 6. Ueber die Herstellung von Waterclosets nach dem Siphonsystem. — 7. Vorschriften für den Verkauf von Schönheitsmitteln, Zahnpulver und Bartwichse. — 8. Vorschriften über den Aufbau von Bauernhäusern. — 9. Vorschriften über die Abschaffung der langen Ketten, welche dazu verwendet wurden, die Verbrecher auf dem Transportmarsche zu fesseln." — Ich denke mir, diese Blütenlese wird genügen. Die Männer in den blauen Uniformen der ruffischen Polizei bilden einen riesigen gewaltigen Körper. Naturgemäß muß sich dieses ungeheure Institut wieder in verschiedene Unterabteilungen scheiden, denn es wäre ja doch sonst nicht möglich, irgend eine genaue Uebersicht über diese Masse von Beamten zu erlangen. Wir finden vier große Hauptabteilungen. Es sind dieses:

1. „Die Landpolizei. Diese umfaßt die von der Stadt besoldeten Beamten und auch die, welche sich die Bauern selber wählen, die aber naturgemäß erst von höheren Regierungsbeamten bestätigt werden müssen. 2. Die Polizei der Hauptstädte und Städte. Diese unterscheidet sich in den von ihr zu versehenden Pflichten nicht zu sehr von den Polizeibeamten,

die wir in unsern Städten finden. Die nächste Klasse ist nun schon etwas „gefährlicher," wie wir in Amerika sagen würden. Sie umfaßt nämlich. 3. Die Detektivs und Geheimpolizisten. Die 4. und letzte Klasse ist endlich die der „Gensdarme."

Es giebt nun innerhalb der einzelnen Klassen noch weitere Unterabteilungen, welche wir hier aber überschlagen wollen. Die ganze Polizei kostet naturgemäß viel Geld. Wie die russische Zeitung „Golos," welche ihre Angaben meist aus sehr sicheren Quellen hat, behauptet, sind im ganzen Reiche allein für Polizeizwecke im letzten Jahrzehnt pro Anno 12 Million Rubel verausgabt worden. Wenn wir nun annehmen, daß die Durchschnittsbesoldung eines Polizeibeamten im Jahre 300 Rubel beträgt, so kommen wir dadurch auf eine Zahl von 40000 Polizeibeamten und doch ist diese noch lange nicht groß genug! Nämlich über die Landpolizei, welche sich die Dörfer selber wählen, wie wir oben schon erwähnten, bestehen noch recht unvollständige Angaben. Am 1. Mai 1886 fanden wir in der Zeitung „Der offizielle Bote," eine genaue Liste derjenigen Ortschaften im europäischen Rußland, in welchen ein Kleinverkauf von alkoholartigen Getränken stattfindet. Die Summe dieser Niederlassungen betrug 268 928. Wir können annehmen, daß in jeder solcher Niederlassung mindestens zwei Landpolizisten thätig sind. So würde demgemäß eine Gesamtsumme von ½ Million herauskommen.

Nun, meine lieben Leser, was eine solche Polizei zu leisten vermag, darüber kann sich wohl jeder selber einen Vers machen. Mir, als Amerikaner hat das niemals so recht gelingen wollen.

Aber, ich mußte auch dieses große Institut bei meinen Schilderungen berühren. Kommt doch kaum ein Fremder nach Rußland, der nicht damit zu thun hat. —

Doch nun bei der Reisebeschreibung: weiter im Text!

# Siebentes Kapitel.

## Der Groß=Lama von Transbaikalien.

Die letzte Zeit unseres Verweilens in Irkutsk galt in erster Linie den Vorbereitungen für eine Reise, die wir in das bis jetzt recht wenig bekannte Gebiet von Transbaikalien zu unternehmen vorhatten. Wir machten uns über die Schwierigkeiten der Reise keine Illusionen. Die Gegend, die wir erforschen wollten, war einsamer und wilder als jeder von uns bis jetzt bereiste Theil Sibiriens, mit Ausnahme des Altai. Die Verbrecherminen, die wir zu sehen wünschten, waren über ein rauhes und bergiges Gebiet verstreut, dessen Größe nach Quadratmeilen zählte. Es dehnte sich weit aus zwischen dem Amur und der Mongolei. Die meisten Minen lagen weit ab von der großen Poststraße und waren gar nicht auf den Karten zu finden. Wir mußten uns sagen, daß es große Schwierigkeiten haben würde, bis zu den Minen vorzudringen, und daß auch die Erlaubnis zum Befahren schwer nur sich würde erwerben lassen. In gleicher Weise war auch der Winter mit seinem Eis und Schnee zu fürchten.

Wir hatten erfahren, daß die Besichtigung der Minen von dem Generalgouverneur Korff und dem Gouverneur Barabasch abhängig sei.

Da beide Herren sich zu jener Zeit gerade in Kabaroffa am unteren Amur befanden, also 2000 Meilen von Irkutsk entfernt, so waren wir nicht sicher, daß wir ihre Erlaubnis zum Besuche der Minen erhalten würden.

7*

So beschlossen wir denn, zunächst auf gut Glück hin ohne Erlaubnis unsere Reise zu wagen.

Aber wir begaben uns nicht direkt in die Minen, sondern machten von Werkhni Udinsk aus einen Umweg nach Süden, um Kiachta, die mongolische Grenzstadt Maimatschin und vor allem die große buddhistische Lamaserei am Gänsesee zu besuchen.

Ich war sehr neugierig, etwas von jenem veränderten Buddhismus zu sehen, der als „Lamaismus" durch Tausende von Mönchen in Transbaikalien vertreten ist. Die Russen nennen die Klöster dieser Priesterschaften Datsans.

Die Lamaserei am Gänsesee war uns in Irkutsk als eine der interessantesten überhaupt genannt worden. Dort sollte der Groß- oder Kamba-Lama von Sibirien seine Residenz haben. Sie lag 30 Werst von einem Dorfe entfernt, das wir auf unserer Reise zu berühren hatten, und so beschlossen wir denn den Umweg dorthin zu machen.

Zwei Straßen führen von Irkutsk nach Transbaikalien hinein.

Die kürzere geht längs dem Flusse Angara und zwar bis zu der Stelle, wo er aus dem Baikalsee strömt. Dann kreuzt sie den See nach dem Dorfe Bokarskaja zu.

Die zweite ist länger, eine „Kunststraße" und endet ebenfalls an dem vorgenannten Dorfe. Sie geht hoch über dem Wasser entlang am Südende des Seees und ist geschickt in die umliegenden Felsschroffen eingehauen.

Wir wären gern wegen der sich dabei bietenden landschaftlichen Schönheiten um den See herumgefahren. Aber Unwetter hatten einige Brücken weggerissen, und so mußten wir denn über den See hinüber fahren.

Wir fuhren jetzt ohne eigenen Wagen, so daß wir an den verschiedenen Poststationen umsteigen mußten und hatten

da allerdings eine höchst unbequeme und langwierige Art
des Reisens gewählt.

Am 24. September, einem Donnerstag, bestellten wir
Pferde und stiegen auf den kleinen, holprigen Wagen, den
die Postbehörde uns gesendet hatte. Unsere Sitze waren
Pelze, Pakete, Brotsäcke, Theebüchsen, Pelzstiefel und der
photographische Apparat, mit einem Worte: unser Gepäck.

Dann ging die Fahrt los! Das Wetter war warm und
sonnig und ein dünner Herbstnebel wallte in der Luft. Das
bunte Laub war noch nicht von den Bäumen abgefallen.

An geschützten Stellen blühten noch Blumen, und ab
und zu gaukelte ein vielfarbiger Falter über unseren Weg.
Ueberall waren Heu- und Getreideernte vorüber, und in den
Bauernhöfen sahen wir vielfach Tabak trocknen.

Auf halbem Wege etwa zwischen Irkutsk und der
ersten Poststation trafen wir einen Mann, der einen mit
vier Pferden bespannten Menageriekäfig lenkte. Ich fragte
unsern Kutscher, was dies bedeute, und als ich hörte, daß
ein sibirischer Tiger dort transportiert würde, bat ich den
Wärter, mir und Frost doch das Tier zu zeigen. Der
Mann rollte die dünne weiße Planwand auf, welche das
Eisengitter des Käfigs verdeckte. Da ertönte ein heiseres
Knurren, und ehe wir noch zurückweichen konnten, warf sich
eine riesige braungelbe, schwarzgestreifte Bestie gegen die
Eisenstäbe. Der Sprung war mit so furchtbarer Wildheit
ausgeführt worden, daß wir dachten, das Tier würde
hindurchbrechen. Aber das Gitterwerk war fest und bog
sich nur leicht, ohne nachzugeben. Der Wärter nahm nun
eine lange Eisenstange und stieß damit das Tier zurück,
das sich endlich murrend in eine Ecke setzte. Ich konnte
weder Gewicht noch nähere Maße des Tieres erfahren,
glaube aber, daß es ein sehr großes Exemplar gewesen sei.

Es war von russischen Bauern im Amurthale gefangen worden, da wo es mit dem Renntier zusammentrifft: der Sohn der Tropen mit dem Sprößling der arktischen Zone. Von Irkutsk bis zum Baikalsee sind nur 40 Meilen zurückzulegen. Die Straße war gut und wir kamen rasch vorwärts. Als es dunkel wurde, stieg ein dichter, kalter Nebel aus dem Thal am See auf und hüllte Alles in seine weißen Schleier. Die Oberfläche des Baikalsees liegt 400 Fuß höher als Irkutsk. Der Fluß Angara besitzt daher ein bedeutendes Gefälle und eine Strömung, die 12—15 Meilen in der Stunde bisweilen macht. Da, wo der Fluß aus dem See kommt, friert er nie ganz zu, und erst im Januar bei 40° Celsius schließt ihn bei Irkutsk die Eisdecke. Die Angara ist überhaupt ein merkwürdiger Fluß. Anstatt daß ihre erste Strecke klein wäre, tritt sie in der Breite einer Meile ihren Lauf an und fließt dabei so tosend wie ein Gebirgsbach daher. Im heißesten Sommer ist ihr Wasser eisig kalt, und doch friert kein sibirischer Strom so spät zu, wie sie. Nicht im Frühling tritt sie über ihre Ufer, sondern zu Beginn des Winters, wenn andere Ströme durch die Eisdecke in Banden sich befinden.

Wir kamen an das Gestade des Baikalsee bei dem Dorfe Listwinitschnaja, Donnerstag gegen 9 Uhr Abends. Ueber das Wasser her pustete ein rauher, feuchter Wind, und in dem kleinen Zimmer im Blockhaus an der Dampferhaltestelle war es so kalt, daß wir uns im vollen Anzuge, mit Stiefeln, Mütze und Schafpelz sofort in das Bett begaben. Dieses „zu Bette gehen" bestand darin, daß wir uns auf den Fußboden legten. Ich habe vom 1. Oktober bis zum 20. März in Transbaikalien fast immer so geschlafen.

Der Dampfer fuhr erst Freitags ab, und wir konnten somit den kleinen Hafen genau betrachten.

Liftwinitschnaja ist ein kleines Dorf, von vielleicht 100 kleinen Blockhäusern gebildet. Lang verstreut zieht es sich am Seeufer hin.

Der „Hafen" bestand in einer kleinen, halbkreisförmigen Ankerstelle, die ein niedriger Wellenbrecher einschließt. Der Raddampfer Platon lag dort vor Anker.

Ich war überrascht, daß der See dort nicht breiter war, denn deutlich war die gegenüberliegende Uferseite des Sees zu sehen. Die Breite beträgt dort 20 Meilen.

Mr. Frost skizzierte am Morgen sehr viel, während ich an den Seeufern einen Spaziergang machte. Gegen ½ 11 Uhr war der Dampfer Platon am Landungsplatze bereit, und es war Zeit, an Bord zu gehen. Wir mieteten eine Kabine I. Klasse, ließen unsere Güter an Bord bringen, dann wurde die Post verladen, und endlich fuhr der Dampfer ab.

Wir hatten etwa 30 Mitreisende, und die meisten davon reisten III. Klasse an Deck. Am meisten davon machten mir einige chinesische Kaufleute Spaß. Sie sprachen ein tolles Russisch und erzählten uns darin, daß sie etwa 10 Centner sibirische Hirschgeweihe an Bord hätten. Die Chinesen glauben nämlich, daß das Geweih des maral (cervus elaphus), des großen sibirischen Hirsches, besondere heilkräftige Eigenschaften habe. Die Kaufleute bezahlen oft mehr als 200 Rubel für ein Geweih und suchen in den entlegensten Schluchten des Altai nach dem kostbaren Gehörn. Wenn die pulverisierte Hornsubstanz des Geweihes in China zum Verkaufe gelangt, hat sie mindestens so viel Wert, wie ihr Gewicht in Silber ausgemacht. Die Geweihe, die unsere Chinesen auf dem Dampfer mit hatten, waren sorgfältig in Tücher gehüllt und hatten mindestens 10000 Mark Wert.

Die Ostküste des Sees wurde, als wir langsam weiter-

fuhren, weniger malerisch und gebirgig. Gegen 6 Uhr Abends
kamen wir in Bojarskaja an, konnten aber zu unserm Be=
dauern nicht landen. Eine starke Brise wehte den See
hinunter, und dieser warf so hohe Wellen, daß der Kapitän
an der ungeschützten Landungsstelle nicht anlegen konnte.
Nach drei vergeblichen Versuchen warf er im See Anker.
Wir schliefen sehr unbehaglich in der Nacht in der elenden
Kajüte I. Klasse und waren zufrieden, als wir endlich
Morgengrauen sahen und landen konnten.

Aber noch wußten wir ja nicht, was wir in Trans=
baikalien*) erleben würden! Kaum waren 48 Stunden um, so
wären wir froh gewesen, wenn wir an Bord des Platon
hätten gehen können, und unsere elende Kajüte wäre dann
für uns der Gipfel alles Pompes gewesen.

Ohne Frühstück gingen wir in dem feuchten, kalten
Wetter ans Land. Das elende Nest Bojarskaja hatte keinen
Gasthof, und die Poststation war schmutzig und vollgepfropft
von Reisenden, die auf den Bänken und dem schmutzigen
Fußboden schliefen. Pferde zur Weiterreise waren nicht da,
und unsere Aussichten somit recht entmutigend. Endlich
fanden wir einen jungen Bauern, der uns Pferde vermietete.
Wir tranken bei ihm Thee und aßen etwas Brot dazu und
dann luden wir unser Gepäck auf den kleinen, federlosen
Wagen, und fort ging es auf Selenginsk zu.

Ein solcher Wagen auf rauher Straße schüttelt dem
Reisenden in noch nicht 24 Stunden das Herz aus dem
Leibe. Bevor wir 60 Meilen weit gefahren waren, hatte
ich solche Kopf= und Rückenschmerzen, daß ich jeden Stoß
des Wagens wie einen Knüttelhieb fürchtete. Abends ½ 11 Uhr
kamen wir nach der Poststation Jlinskaja, und ich langte
geradezu krank dort an.

---

*) Gegend jenseit des Baikalsees.

Wir tranken etwas Thee und aßen ein wenig Brot, denn etwas anderes war nicht zu bekommen, und gingen dann sofort zur Ruhe. Mr. Frost lag in der Nähe des Ofens auf der Erde, ich legte mich auf eine Holzbank neben das Fenster. Wir kämpften erst lange gegen das Ungeziefer und dann kamen wir zum Schlafen.

Da aber störte uns die Ankunft eines Offiziers, der als Regierungskommissar reiste.

Es wurde Licht angezündet, der Offizier ging im Zimmer auf und ab und redete laut mit dem Postmeister über den Zustand der Straßen. Von Schlaf war dabei keine Rede mehr. Nach einer halben Stunde reiste er ab, das Licht er- losch, und wir versuchten wieder zu schlafen. Nach 20 Min. kam die Post von Irkutsk. Eine Stunde lang dauerte der Lärm, denn es wurden 12 Wagen umgeladen und 30 Pferde gewechselt.

Jedes Oeffnen der Thüre brachte einen eisigen Luft- strom in den heißen Raume, so daß uns bald der Frost schüttelte, bald die Hitze quälte. Gegen ¼ 2 Uhr früh fuhr die Post endlich unter furchtbarem Tumulte weiter, die Lichter löschten wiederum aus, und wir machten einen neuen Versuch einzuschlafen.

Noch hatten wir die Augen nicht geschlossen, da trat ein Mann in das Zimmer und rief laut nach dem Post- meister. Es kam hinter dem Manne noch seine Frau mit einem kleinen Kinde, daß die Halsbräune hatte. Die Frau machte aus zwei Stühlen für das Kindchen ein Bette zu- recht und begann mit dem Manne Thee zu trinken. Der Samovar summte, die Tassen klapperten, die Leute plauderten und das kranke Kind hustete, — wir aber lagen schlaflos da.

Endlich reiste, früh um 4 Uhr, die Familie weiter, und wir machten einen Versuch, einzuschlafen. Eine Unmasse Wanzen hatten mich jetzt überfallen. Ich stand deshalb auf

und legte mich neben Mr. Frost auf den Fußboden. Bei=
nahe wäre ich nun eingeschlafen, da kam um ¼ 5 Uhr
wieder ein kalter Luftstrom durch die offene Thür hinein, und
ihm folgten zwei dicke Kaufleute vom unteren Amur, die
auf der Reise nach Irkutsk waren.

Sie ließen einen Samovar bringen, rauchten tüchtig
Cigaretten und sprachen dabei über den Goldbergbau. Als
sie um ¼26 Uhr noch keine Pferde zur Weiterfahrt hatten,
beschlossen sie, noch etwas zu schlafen. Sie wollten eben
damit beginnen. Da aber ertönte Schellengeläute und wieder
fuhr ein Wagen ins Gehöft, von dem bald ein alter, weiß
bärtiger Mann mit einer Flinte in der Hand in das Zimmer
kam. Er bestellte einen Samovar und begann sofort mit den
Kaufleuten ein sehr lautes Gespräch, ich glaube, über Mahl=
mühlen.

Da sagte ich denn seufzend zu meinem Gefährten: „Es
hilft Alles nichts! Ich habe keine Minute ruhig schlafen
können. Die ewige Thürklapperei und die Wanzen haben
mich bald tot gequält, und ich habe rechtsseitig Lungenstiche.
Ich stehe auf und trinke Thee."

Es war jetzt heller Tag. Der Weißbart lud uns zum
Thee ein und sagte, er hätte uns schon auf dem Dampfer
gesehen. Wir redeten über eine neuentdeckte, sibirische Gold=
mine, die man immer als „chinesisch Kalifornien" bezeichnete.
Unter dem Genusse des heißen Thees begann ich mich wieder
besser zu fühlen.

Sonntags Morgen gegen ½11 Uhr erhielten wir endlich
Pferde, luden unser Gepäck auf einen anderen, leichten Wagen
und nahmen die Fahrt wieder auf. Die Nacht hatte leichten
Frost gebracht, doch wärmte die Sonne bald wieder.

Ungefähr 10 Werst von Ilinskaja ging die Straße
mehr nach Süden zu und zog sich dann am Flusse Selenga

durch ein malerisches Thal wieder hinauf. Auf dem Hügel
zur Rechten standen Birken, mit gelben Blättern, hier und
da eine feurig rot geschmückte Pappel. Die Berge waren
in den schönsten Purpur getaucht. Vorn aber lag, klar wie
ein See des Hochlandes, der breite, ruhige Fluß. In seinen
klaren Tiefen spiegelten sich die bunten Baumgruppen und
die sanften Umrisse seiner Inseln.

Das Thal der Selenga dort erschien mir wärmer als
irgend ein Teil von Sibirien, den wir bis jetzt gesehen
hatten. Die Luft war den ganzen Tag würzig durchduftet,
Heuschober standen auf den Feldern, und die über das Thal
zerstreuten Blockhäuser der buriatischen Bauern sahen
recht friedlich aus.

Wären wir gut auf dem Posten gewesen und hätten
wir einen leidlichen Wagen gehabt, so wäre dieser Teil der
Reise wohl ganz gut vergangen. Aber wir waren durch
die Schlaflosigkeit, die schlechte Ernährung und die beständige
Rüttelei körperlich so sehr herunter, daß uns nichts mehr
Freude machen konnte. Am späten Nachmittag fuhren wir
in der Entfernung von 2½ Meilen an der Stadt Werkhni
Udinsk vorüber und kamen um 7 Uhr Abends nach Mü-
schinskoe, der nächsten Station nach Kiachta hin.

Mr. Frost schien mir ganz frisch zu sein. Ich dagegen
fühlte mich sehr unwohl, denn ich hatte Lungenstechen, Kopf-
schmerzen und einen sehr schwachen Puls. Weiter konnte
ich nicht mehr fahren, und so beschlossen wir denn, Halt zu
machen.

Wir hatten bis jetzt in Transbaikalien nur von Brot
gelebt. In diesem Orte aber setzte uns die Frau Post-
meisterin ein kräftiges Abendbrot vor, das aus Fleisch,
Kartoffeln und Eiern bestand. Ein guter Schlaf belebte
unsere Kräfte so weit, daß wir am andern Tage fahren konnten.

Am selben Abende, Montag, gegen Mitternacht, erreichten wir das Dorf Selenginsk, in dessen Nähe die Lamaserei am Gänsesee lag.

Auf dem Fußboden des elenden Posthauses in Selenginsk verbrachten wir wiederum eine scheußliche Nacht. Ich versank aber trotz Spektakel und Wanzenbissen vor Erschöpfung in einen traumlosen Schlaf, der 2—3 Stunden währte.

Am Morgen gegen 10 Uhr suchte ich den buriatischen Polizeichef Kynujef Munku auf, der mir als russisch-buriatischer Dollmetscher empfohlen war und auch die Lamaserei genau kennen sollte.

Ich fand den Mann in der Kanzlei des Bezirks-Vorstehers, wo er sich wohl den Tagesbefehl holte. Es war ein großer, kräftiger Buriate, etwa 60 Jahre alt. Rund war sein Kopf, das graue Haar kurz geschoren und dicht der borstige Schnurrbart. Aus dem beinah brutalen, gelbbraunen Gesichte blickten ein paar kleine, schiefgeschlitzte Augen. Er war mit einem langen, grauen Rock gekleidet, den lose eine Schärpe in der Taille zusammenhielt. An den Händen waren die Aermel aufgeschlagen und mit Seide besetzt. Den Kopf bedeckte eine verwegen schief sitzende Pelzmütze.

Ich stellte mich dem Bezirks-Vorsteher vor, zeigte meine Empfehlungsbriefe und legte meine Wünsche dar.

Auf den Buriaten weisend sagte der Beamte: „Da ist Kynujef Munku. Wenn er will, kann er sie nach der Lamaserei führen."

Als ich mir den seltsamen Polizei-Chef näher ansah, wurde es mir sofort klar, daß er eine ziemliche Menge Alkohol getrunken habe. Dennoch war er im Vollbesitze seiner Geisteskräfte. Bei der Abmachung betreffend die Pferdelieferung betrog er mich, ohne mit der Wimper zu zucken, um 8 Rubel. Für seine Dienste erhielt er 17 Rubel,

mehr, als er sonst im Monate Gehalt bekam. Aber er hat
uns für dies Geld reichlich Unterhaltung verschafft.

Ungefähr eine Stunde, nachdem ich nach dem Posthause
zurückgekehrt war, kam Kynujef in einem höchst plumpen
Wagen in den Hof gefahren. Er hatte sich jetzt außerordentlich herausgeputzt. In seinen langen, blauen Seiden-
rock waren rings herum Figuren eingewebt. Um die Hüften
trug er eine scharlachrote Seidenschärpe. Ein glatter Hut
aus hellrotem Pelzwerke war mit einem bunten Riemen
ihm um das Kinn gebunden, und von dem Hute baumelten
zwei himmelblaue Seidenwimpel herab. Er hatte wohl
noch einige weitere Schoppen getrunken und war in sehr
guter Laune.

Die Würde seines Beamtentums hatte er mit einer
recht heiteren, fast jugendlichen Fröhlichkeit vertauscht.

Ich hatte noch nie solch einen seltsamen Polizeichef gesehen und war nur gespannt, wie ihn der Großlama aufnehmen würde.

Nach einigen Minuten kam auch ein zerlumpter, junger
Buriate an, den unser Führer geworben hatte, uns nach
der Lamaserei zu fahren. Er brachte drei schäbige Gäule
und einen wackligen Wagen, der uns drei nicht aufnehmen
konnte. Ich fragte Kynujef, ob wir Lebensmittel mitnehmen
sollten, doch erhielten wir zur Antwort, daß wir diese in
der Lamaserei bekommen würden. „Doch," setzte er grinsend
und mit klugem Augenzwingen hinzu, „wenn Sie
Narrheitstropfen haben, so nehmen Sie solche immer mit,
denn die sind stets gut."

Als wir unsre Decke, Pelze, den Brotsack und meine
größte Schnapspulle in dem Wagen untergebracht hatten,
stiegen wir in diesen hinein. Wir saßen zwar sehr unbequem,
aber das verdarb die gute Laune unseres Führers nicht. Er

plauderte ohne Unterlaß und als er nach einiger Zeit merkte, daß wir ihm mehr zuhörten, als Antwort gaben, bildete er sich wohl ein, daß wir vor der Gewalt seiner Persönlichkeit uns gedrückt fühlten.

So sagte er denn mit ruhiger Herablassung zu uns: „Sie brauchen nicht vor mir so erzittern, weil ich ein Polizeichef bin. Behandeln Sie mich nur, wie einen ge= wöhnlichen Menschen."

Ich er dankte ihm für seine Großmut, und er redete nun, um uns seine Liebenswürdigkeit recht zu zeigen, den aller= größesten Unsinn zusammen.

Ungefähr 5 Werst vor der Stadt machten wir Halt, um einmal die Plätze zu wechseln, und Kynujef meinte nun, daß dies eine schöne Gelegenheit wäre, die Narrheits= tropfen zu proben.

Ich gab ihm die Flasche. Er goß zunächst einen Schluck daraus in seine hohle Hand und sprengte ihn nach allen vier Himmelsgegenden als Trankopfer für seine Götter. Dann trank er selbst zwei volle Becher, wischte den Schnurr= bart mit dem Aermel seines Seidenrockes ab und sagte dann mit ruhiger Unverschämtheit: „Das ist ein ganz ge= wöhnlicher Schnaps." Ich sagte ihm ruhig, er hätte ja nicht zwei Becher davon trinken brauchen. Aber er schien ihm doch zu munden. Der feurige Branntwein berauschte ihn übrigens nicht so sehr, wie ich dies Anfangs gedacht hatte. Aber er wurde immermehr jetzt seiner Machtvollkommenheit sich bewußt.

Wütend schrie er unserem armen Kutscher zu: „Schneller! Schneller!" Und als dieser dann vergebens seine Pferde zu eiligerem Laufe mit der Peitsche antrieb, stürzte sich Kynujef auf ihn und schüttelte und würgte den armen Kerl, daß dieser halbtot vor Angst wurde. Und dann sah er uns

mit einem triumphierenden Gesichtsausdrucke an, als wollte
er sagen: „Seht Ihr, so mache ich es stets, um mir Respekt
zu verschaffen!"

Er sah jeden Buriaten, dem wir begegneten, mit grimmiger
Miene an, als suche er einen Dieb, und den meisten Leuten
rief er einige befehlende Worte zu. Um seine Sprachkennt=
nisse zu zeigen, grüßte er daherwandelnde Chinesen mit
einem lauten „How!"

Endlich kam ein malerisch gekleidetes, hübsches Buriaten=
mädchen nach Männerart auf einem Pferde zur Stadt daher=
geritten. Er rief ihr zu, sie solle absteigen, und ihr Pferd
an einen Baum binden, denn er wolle sie küssen. Halb
ängstlich und halb von der Sache belustigt stieg das Mädchen
vom Pferde ab, und unser Dolmetscher nahm nun seinen
großen Hut ab und küßte es mit komischer Würde. Dann
erlaubte er dem Mädchen, das Pferd wieder zu besteigen,
wobei er ihr aber nicht im Geringsten half.

Nach dieser Heldenthat sah er uns wieder siegesgewiß
an, und da er sich wohl sagte, daß wir ihn jetzt außer=
ordentlich bewunderten, ja, um seiner Macht willen vielleicht
sogar beneideten, bat er immer öfter um Narrheitstropfen.
Ich hegte jetzt immer mehr Furcht, daß er sich, lange bevor
wir zu der Lamaserei kämen, zu jedem verständigen Dienste
würde untauglich gemacht haben, und daß der Groß=Lama,
wenn er ihn sähe, ihn einfach ins Wasser stecken lassen
würde. Aber ich konnte noch nicht beurteilen, auf wieviel
ein Selenginsker Polizei=Chef geachtet ist.

Wir waren jetzt auf den Kamm eines großen Hügels
gekommen und sahen nun in das Thal des Gänsesees
hinab. Dort unten lag eine schmale, unbewohnte Wasser=
fläche. Die Ufer dieses Sees waren niedrig und öde, das
Gras gelb vor Frost und Hitze, nirgends war ein Baum

zu sehen, nur überall trostloseste Unfruchtbarkeit. Auf der andern Seite des Sees konnten wir in der Ferne die verschwommenen Umrisse eines großen, weißen Gebäudes erkennen, das viele Blockhäuser umgaben.

Wir sahen die Lamaserei von Gusinnoi Ozera. Beim Anblick des heiligen Gebäudes wurde Kyjunef nüchtern und ernst.

Als wir eine halbe Stunde später eine Furt passieren mußten, sprang er vom Wagen herab und bat uns, einige Minuten zu warten. Er wolle ein kaltes Bad nehmen. Nach ganz kurzer Zeit kam er wieder und war nun wieder der nüchterne, würdige Beamte. Er suchte uns es zunächst klar zu machen, daß wir dem Groß-Lama mit äußerster Ehrfurcht begegnen müßten. Er schien anzunehmen, daß wir als fremde Christen den Lama nur als „Götzendiener" von oben herab behandeln würden. Ich sagte ihm, wir kämen oft mit Kirchenfürsten von sehr hohem Range zusammen und wüßten uns gegen solche gar wohl zu benehmen. Nachdem der Polizeichef hierüber beruhigt war, fing er an, die Haltung des Lama gegen uns zu überlegen, und stellte sich die Angaben zusammen, die er letzterem über uns machen müßte.

„Was haben Sie für einen Rang", fragte er mich plötzlich ganz unvermittelt.

„In unserm Lande giebt es keinen Rang", sagte Frost ruhig, „wir sind nur amerikanische Bürger."

„Dann sind Sie nicht von Adel?"

„Nein."

„Haben Sie keinen Titel?"

„Auch nicht."

„Reisen Sie im Dienste ihrer Regierung?"

„Nein."

„Weswegen reisen Sie denn in Sibirien umher?"

„Nur zu unserm Vergnügen."

„Dann sind Sie also sehr reich?"

„Nein."

Nun war der gute Mann sichtbar in Verlegenheit. Es konnte ihm wahrlich nicht zur Ehre gereichen, wenn er dem Groß-Lama zwei Fremde vorstellte, die weder Rang, noch Titel, Macht noch Reichtümer besaßen."

„Nun," sagte er nach einiger Ueberlegung, „wenn Sie der Groß-Lama fragt, was Sie sind, so mögen Sie ihm antworten, was Sie wollen. Ich werde ihm in meiner Rede dolmetschen, daß Sie Abgesandte der amerikanischen Republik sind und daß Sie von ihrer Regierung nach Sibirien geschickt sind, um dieses kennen zu lernen. Ja, daß sogar möglicherweise Ihre Regierung das Land von unserm Kaiser kauft."

Lachend sagte ich: „Uebersetzen Sie immerhin, was Sie wollen. Aber wenn Sie sich selbst in Verlegenheit bringen, helfe ich Ihnen nicht heraus."

Das Gesicht des Polizei-Chefs nahm jetzt wieder einen höchst verschmitzten Ausdruck an, als freue er sich ungeheuer, zwei einfache Reisende so als große Gesandten vorzuführen.

Als wir in das Dorf einfuhren, welches mit seinen braunen Blockhäusern rings um die Lamaserei sich gruppierte, nahm Kynujef seinen Hut ab, und sein Gesicht zeigte den Ausdruck von Ergebenheit, ja beinahe von demütiger Furcht. Man hätte glauben können, daß seine Achtung vor dem heiligen Orte, dem er sich näherte, sich so äußere, aber er wollte damit nur vorüberwandelnden Mönchen zeigen, wie artig er, der gewaltige Polizei-Chef gegen die hohen Würden= träger Amerikas sei.

Wir fuhren direkt zu dem Hause des Groß-Lama. Auf

der Straße dort vor dem Hause sahen wir fünf buddhistische Kirchendiener in langen, braunen Röcken mit schwarzen Schärpen.

Unser Polizeichef half mir unter den übertriebensten Ehrfurchtsbezeigungen vom Wagen und unterstützte mich auch, als es die Treppe hinaufging, mit einer Sorgfalt, als wenn von einem Fehltritte meinerseits ein Unglück abhänge. Jede Bewegung, die Kyjunef machte, schien den Dienern die größte Ehrfurcht vor meiner Person einzuflößen.

Das Haus des Lama war ein ziemlich großes, schmuckloses Blockhaus. Seine Front schied in der Mitte eine Halle in zwei Hälften. Man führte uns in ein kaltes Empfangszimmer, das ganz hübsch eingerichtet war. An den Wänden hingen Gemälde von Tempeln in der Mongolei und Tibet, lebensgroße Bilder buddhistischer Heiliger, kolorierte Steindrucke von Alexander II. und III. und eine kleine Photographie des deutschen Kaisers Wilhelm I.

Kynujef kam artig nach uns in das Zimmer und setzte sich demütig neben der Thüre hin. All seine Ueberhebung und Fröhlichkeit waren verschwunden, nur seine Augen waren müde und zeigten, daß er tüchtig Narrheitstropfen zu sich genommen hatte. Er wagte nicht, uns anzureden, als aber die Kirchendiener uns einen Augenblick allein ließen, grinste er uns blinzelnd zu und machte die bezeichnende Geste des Trinkens.

Alle Kirchendiener sprachen in dem Hause nur im leisesten Flüstertone. Das Zimmer, in dem wir saßen, war so kalt, daß uns die Zähne vor Frost klapperten. Als Kyjunef dies merkte, riet er uns, das nach Süden gelegene Zimmer auf der anderen Seite der Empfangshalle aufzusuchen. Dort

war es zwar einfacher, aber freundliches Sonnenlicht und
-wärme herrschten.

Wir warteten wohl eine halbe Stunde auf den Groß-
Lama. Nachdem diese Zeit um war, sah Kynjunef einmal
etwas vor die Thür hinaus, kam aber bald hastig zurück
und meldete: „Er kommt!"

Gleich darauf ging die Thüre auf, und es blieb uns
kaum die Zeit, uns zu erheben, als schon der hohe Kirchen-
fürst eintrat. Er hatte ein grelles Prunkgewand an, daß
aus einem prächtigen orangeseidenen, golddurchwirkten Rock
mit Purpursammet-Besatz bestand. An den Handgelenken
war es umgeschlagen und mit ultramarinblauer Seide besetzt.
Ueber diesem prachtvollen Rock hatte er eine kostbare, rot-
seidene Schärpe angelegt, die 1 Elle breit und 5 lang war.
In schönem Faltenwurf zog sie sich von der linken Schulter
zur rechten Hüfte herab. Auf dem Kopfe hatte er einen
hohen, spitzen, orangefarbenen Pelzhut ohne Krempe, der
auch reich mit Gold gestickt war. Von einem Stricke, der
seine Hüften umschlang, hing ein violetter Tuchsack in Flaschen-
form, mit einem Stricke verschlossen, herab. Jeder Bestand-
teil des Kostüms war aus dem feinsten Stoffe hergestellt
und machte einen überaus prächtigen Eindruck.

Der Träger dieser pomphaften Kleidung war ein Buriate
im Alter von etwa 60 Jahren, mittelgroß, schlank, mit
bartlosem, freundlichen Gesichte. Er begrüßte uns freundlich,
und dann nahmen wir auf seine Aufforderung hin sämtlich
Platz. Kynjunef trug ihm nun den Zweck unseres Hierseins
in wohlgesetzter Rede vor. Was der „Diplomatische" Polizeichef alles sagte, weiß ich nicht, ebenso wenig, ob es ihm geglaubt wurde. Aber der Gang der Ereignisse läßt mich
thatsächlich das Letztere annehmen.

Kynujef spielte seine Rolle vortrefflich und sagte sogar

8*

dem Groß-Lama, daß der Gouverneur Petroff. in Irkutsk mich ganz besonders empfohlen habe.

Nachdem wir Thee getrunken hatten, der uns im Samowar serviert wurde, fragte ich den Großpriester, ob er mir die Besichtigung der Lamaserei gestatten würde. Er erwiederte uns, daß er sofort nach unserer Ankunft einen kurzen Dank=gottesdienst angesetzt habe, dem wir beiwohnen könnten. Er könne selbst nicht mit uns gehen, da er erst kürzlich krank gewesen sei, aber Kyjunef werde uns schon Plätze besorgen. Dann verabschiedeten wir uns mit tiefen Verbeugungen von einander, und der Polizei=Chef, Frost und ich trollten nach dem Tempel hin.

Eine ostsibirische Lamaserei gleicht sehr einem Mönchs=kloster. Sie liegt einsam, möglichst weit von jedem mensch=lichen Wohnorte. Gewöhnlich besteht sie aus einem Gottes=hause, 50—150 Blockhäusern, die für die Lamas, Studenten, Kirchendiener und Pilger bestimmt sind.

Zur Zeit unseres Besuches der Lamaserei am Gänsesee standen ³/₄ der Häuser leer. Der Tempel stand mitten auf einem großen, eingehegten Grasplatze, den ein Bretterzaun umgab. Er war viereckig, sah aber von vorn wie eine Pyramide aus, da die Stockwerke sich nach oben verjüngten. Er war aus Ziegeln erbaut, weiß getüncht und an Thüren und Gesimsen mit kleinen, rot und schwarzen Ornamenten verziert.

Als wir durch den Haupteingang in dieses Haus ein=traten, sahen wir uns in einer großen, schlecht erleuchteten Halle. Ich schätzte die Größe der letzteren auf 80 Fuß Länge und 65 Fuß Breite. Dicke, runde Säulen, die mit Scharlachtuch beschlagen waren, trugen die Decke. Die Wände waren mit hellfarbigen Draperieen, Bildern von Tempeln und heiligen Männern bekleidet, und überall, an den Säulen und von der Decke hingen farbige Banner, Fahnen und schöne bunte Laternen herab. Der Tempel war so voll von allen möglichen Dingen, daß ich nicht im Stande war, all die Gegenstände in eine Ordnung oder ein System zu bringen. Aber der Gesamt-Eindruck war entschieden ein fesselnder und überraschender.

Die Verzierung war reich und schön nach Form und Farbe. Quer durch die Seite des Tempels, die der Eingangsthüre gegenüber lag, zog sich ein reichgeschnitztes Gitter hin, das den ganzen Raum in zwei Teile schied. Vor diesem standen in gleicher Entfernung von einander drei große Thronsessel.

Diese Throne waren mit golddurchwirkter Seide bezogen, und es lagen auf ihnen mehrere gelbe Kissen. Sie waren für den Groß-Lama, den Haupt-Lama und seinen Adjutanten bestimmt. Der Thron des ersteren war leer, die beiden anderen besetzt, als wir in den Tempel eintraten. Vor den Thronen saßen in zwei parallelen Gesichtern 17 Lamas mit untergeschlagenen Beinen einander gegenüber. Ihre Sitze waren Diwans, die mittelst seidener Kissen und gelber Felle noch bedeutend erhöht waren. Vor jedem stand ein kleiner roter Tisch, auf dem einige Musikinstrumente lagen. Die Lamas waren alle gleich in orangefarbene Seide gekleidet, mit roten Schärpen darüber. Auf dem Kopfe trugen sie gelbe, helmartige Hüte mit rotem Aufschlage. An jeder Seite der Thür, durch die wir eingetreten waren, befand sich eine ungeheure Pauke, die einem Stückfasse an Größe nichts nachgab. Die zwei Lamas, die den Riesenpauken zunächst saßen, waren mit eisernen, etwa 8 Fuß langen und an der Stürze 10 Zoll im Durchmesser haltenden eisernen Trompeten bewaffnet. Pauken und Trompeten ruhten in besonderen, hölzernen Gestellen. In dem Mittelgange zwischen den beiden Reihen

waren für uns Stühle aufgestellt, auf denen wir Platz
nahmen.

Die Scene zu Beginn des Gottesdienstes war in ihrer
Fremdartigkeit recht packend und überraschend. Das Halbdunkel im Tempel, die hohen Throne, die pomphaften, zahlreichen Dekorationen, die Riesentrommeln und -trompeten,
die Masse der Kirchendiener und Studenten in dunkeln
Röcken, und die Lamas in ihrer herrlichen Tracht brachten
in ihrer Gesamtwirkung ein Bild hervor, wie in gleicher
Vornehmheit ich es unter barbarischen Völkern noch nie gesehen hatte.

Einige Augenblicke, nachdem wir auf unsere Plätze gegangen waren, herrschte atemlose Stille in dem Raume.
Dann aber nahm der Großpriester eine kleine Rassel zur
Hand, und als er diese geschüttelt hatte, brach ein unglaub-
licher Tumult los. Zimbeln klangen, die Riesenpauken
brummten in tiefsten Tönen, Schellen klingelten, Muschel-
trompeten heulten, Hörner dröhnten mit Triangeln um die
Wette, und mit heiserer Stimme brüllten die mächtigen,
eisernen Trompeten.

Es war das keine Musik, sondern ein Orkan von In-
strumententönen.

Etwa eine Stunde lang währte der Lärm, dann schwieg
er plötzlich, und die 17 Lamas begannen nun einen wilden
Gesang, dessen Tempo ein ziemlich rasches war. Die Stimmen
und das Maß des Taktes wurden genau gehalten. Am
Ende jeder Strophe klangen die Cymbeln und donnerten
die Pauken. Drei bis vier Minuten währte jener Gesang,
und dann setzte wieder die furchtbare Musik ein, die einen Stein
erbarmen konnte. Ich habe nie solch einen Höllenspektakel
gehört.

Der Gesang, dann die „Musik" und dann wieder Ge-

sang, wieder Tonspektakel und so fort 15 Minuten lang
machten den Dankgottesdienst aus.

Als die Ceremonie endlich vorüber war, dankten wir
im Stillen unserm Schöpfer. Die Ohren schmerzen mich heute
noch, wenn ich daran denke.

Mr. Frost, der Oberpriester, Kyjunef und ich machten
nun einen Rundgang durch den Tempel.

Hinter dem Gitter standen drei riesige Götzenbilder
Budbhas in sitzender Stellung. Vor jedem brannten Lämpchen,
dampften wohlriechende Kerzen, standen Schälchen voll
Weihwasser, Reis, Gerste, Weizen und künstliche Papierblumen.

An den Wänden, rings um diesen ganzen Teil des
Tempels, standen Schränke mit Glasthüren. In diesen Be-
hältern befanden sich Tausende kleiner Figuren, welche wir
Götzenbilder nennen. Bei den Buriaten heißen sie „burkhans."
Ich konnte nicht erfahren, weshalb so viele davon in der
Lamaserei aufbewahrt werden und welchem Zwecke sie dienen.
Sie bildeten eine ungeheure Mannigfaltigkeit der verschieden-
sten Typen.

Viele stellten sicher simbolische Gestalten dar. Andere
wiesen auf heiliggesprochene Sterbliche oder übernatürliche
Mächte hin. Nach den Angaben, die ich von dem Polizeichef
erhielt, nehmen diese «burkhans» oder Götzenbilder in der
lamaistischen Religion dieselbe Bedeutung in Anspruch, wie
bei den Katholiken die Amulette.

Aus dem Aeußeren dieser Figuren hier glaubte ich
mich aber zu dem Schlusse berechtigt, daß der Lamaismus
gute und böse Geister unter den «burkhans» versteht. Das
Wort «burkhan» wird in der ganzen Mongolei allgemein
für ein übernatürliches Wesen gebraucht. Dr. Erman allerdings glaubt, daß das mongolische «burkhan» dasselbe sei,
wie das Indische «Buddha.»

Die «burkhans» in der Lamaserei am Gänsesee waren in den Schränken bunt durcheinander aufgestellt. Sie waren von 2 Zoll bis 1 Fuß groß und meist aus Messing, Stein oder Bronze hergerichtet.

In einer Ecke des Tempels stand ein Gebetsrad, das aus einem großen, hohlen Cylinder bestand. Der letztere ruhte auf einer Querachse und ließ sich bequem um diese drehen. Er wurde mit geschriebenen Gebeten und Formeln angefüllt, und wer ihn dann um sich selbst drehte, der leistete damit gewaltige Gebete.

Ich habe diese Gebetsmaschine nicht in Thätigkeit ge= sehen. Aber in der Ononski Lamaserei, die ich bald darnach aufsuchte, fand ich einen gewaltigen derartigen Apparat. Er stand in einem besonderen Hause und war andauernd im Gebrauche.

Aus dieser Abteilung des Tempels stiegen wir in das obere Stockwerk hinauf. Dort befanden sich noch mehr «burkhans» und eine mächtige Sammlung mongolischer und tibetanischer Bücher. Diese „Bücher machten einen ganz seltsamen Eindruck auf uns. Sie bestanden aus rechteckigen Blättern dünnen chinesischen Papieres. Diese Blätter waren je 12—14 Zoll lang und etwa 4 Zoll breit. Sie waren zwischen zwei dünne Platten aus Holz oder Pappe zusammen= gepreßt und mit flachen Seidenschnüren oder hellen Tuch= streifen zusammengebunden. Sie sahen daher aus wie große, dicke Aktenbündel. Die Blätter waren nur auf einer Seite bedruckt, und die Worte in senkrechten Zeilen angeordnet.

In einigen Bänden, die ich mir näher ansah, war allem Anscheine nach der Versuch gemacht worden, die Anfänge der Kapitel rot und gelb auszumalen. Aber der Versuch war ein roher und plumper und nicht zu Ende geführt worden.

Aus dem Haupttempel der Lamaserei wurden wir nun
in eine Kapelle oder einen kleineren Tempel in demselben
Gehege geführt. Dort sollten wir uns das Bild des höchsten
«burkhans», des Maidera, ansehen.

Es war dies eine kolossale Gestalt von menschlichem
Aeußeren in sitzender Haltung. Künstlich war das Bild aus
Holz geschnitzt, reich vergoldet und dann bemalt.

Ich schätzte die Gesamthöhe des Bildes auf etwa
35 Fuß. Mitten in einem engen, aber mit einer hohen Kugel
versehenem Raume stand es. Rings hingen Wimpel, Banner
und Laternen, und das Ganze machte einen höchst imposanten
Eindruck. Kerzen und Räucherwerk brannten auf einem
Altare, der dicht vor dem Götzenbild aufgestellt war. Auf
demselben Altar standen Opfergaben, bestehend in Wachs=
blumen, und in Hirse, Reis, Oel, Honig und Weihwasser,
die in Bronze= oder Porzellanschalen aufgestellt waren.
Einige von den Schalen waren offen, so daß ihr Inhalt zu
sehen war, andere waren mit Tüchern aus roter, gelber oder
blauer Seide bedeckt.

Wie in dem Haupttempel erhellten hier die Seidenkleider
der Lamas und die reichen Goldverzierungen das geheimnis=
volle Halbdunkel.

Aus der Kapelle des Maidera wurden wir zu einem
dritten Hause geleitet, das in der gleichen Einhegung stand,
und dort sahen wir — den weißen Elephanten.

Ich hatte mir den weißen Elephanten stets nur als in
Ostindien oder Siam verehrt gedacht. Aber ich war nun
auf das Höchste überrascht, als ich hier in der Lamaserei
das Tier sah, — allerdings in einer sehr guten Nachahmung.

Der weiße Elephant am Gänsesee war von einem dortigen
Lama kunstvoll aus Holz geschnitzt und dann weiß bemalt
worden. Ein passendes Sattelzeug war ihm aufgelegt

worden, und dann hatte man den ganzen Kerl auf vier kleine Räder gesetzt. Der Holzelephant war etwas kleiner als sein Urbild, und die Stoßzähne waren so angesetzt, daß ein naturwissenschaftlich gebildeter Mensch sich entsetzt hätte. Aber wenn man bedenkt, daß der Künstler hier wohl nie einen lebendigen Elephanten gesehen*) hatte, so ist die Aehnlichkeit zwischen dem Holzbilde und dem wirklichen Tiere immerhin eine ganz erstaunliche.

Bei Gelegenheit des großen Jahresfestes, das alljährlich am Gänsefee abgehalten wird, kommt der Holzelephant zu hohen Ehren. Er wird dann vor ein kleines Wägelchen gespannt, auf dem sich ein schön geschnitzter Altar in Gestalt eines kleinen, einstöckigen Tempels befindet. Auf diesen Altar wird eine kleine Statue eines der hohen Götter gestellt. Dann aber wird im feierlichen Zuge der 300 Lamas im Prachtornate der Elephant und sein Wägelchen um die ganze Lamaserei herumgezogen.

Das dabei mächtige „Musik verübt" wird, versteht sich von selbst.

Während wir nun dem weißen Elephanten unsere Aufwartung machten, kam Kynujef zu mir und teilte mir mit, daß der „heilige Tanz der «burkhans»" vor uns aufgeführt würde. Wir seien die ersten Fremden, die die Lamaserei besuchten, und man wollte uns in dieser Weise noch besonders ehren.

Ich hatte sofort den Gedanken, daß wir dem „Geschick" Kyjunefs, unsere Stellung möglichst auszumalen, diese unerwarteten Gunstbezeigungen zu danken hatten. Aber, wenn er uns als „Abgesandte der großen amerikanischen Republik"

---

*) Anm: des Herausgebers: Sollte nicht der Lamakünstler einen fossilen Elephanten oder dessen Skelett zu sehen bekommen und nach den rundgebogenen Stoßzähnen dort die bei seinem Elephanten eingesetzt haben?

vorstellte, so war dies seine Sache. Wir wären nicht ver=
pflichtet, Höflichkeiten zurückzuweisen, die man uns erzeigte.
Als wir zu dem großen Tempel zurückkamen, sahen
wir, daß Alles schon zum Tanze vorbereitet wurde. Er
sollte auf dem Grasplatze vor dem Haupttempel stattfinden.
Sitze für die Musikanten und die Oberpriester waren be=
reits aufgestellt worden. Die Riesenpauken und die gigan=
tischen Eisentrompeten wurden eben herausgebracht. Dann
setzten sich die hohen Würdenträger mit gekreuzten Beinen
auf ihre Plätze, und wir ließen uns auf den Stühlen nieder,
die man uns angewiesen hatte.

Jetzt ertönte das Signal mit der kleinen Rassel, und
sofort stürzten 15 Gestalten, wie ich sie abenteuerlicher und
wilder nie zuvor, auch im Traume nicht, gesehen hatte, auf
den freien Platz vor dem Tempel. Unter der dröhnenden
Begleitung der Zimbeln und Riesentrompeten fingen diese
Ungeheuer an, einen langsamen Tanz rythmisch zu hüpfen.
Vier oder fünf von den Tänzern hatten ungeheure, schwarze
Helmmasken auf. Diese stellten grinsende, mongolische Dä=
monen dar. Von ihren Köpfen gingen radspeichenartig
dünne Stäbe aus, an denen kleine, bunte Fähnchen hingen.

Zwei von den Gestalten hatten menschliche Totenschädel
auf den Schultern, eine trug den Kopf des sibirischen Hirsches
mit dem Geweih, und eine andere ein gehörntes Stierhaupt.

Drei Tänzer, welche als gute Geister für die Religion
fochten, waren unmaskiert. Auf dem Kopfe trugen sie breit=
krempige Hüte, auf denen ein durchbrochener, herzförmiger
Oberbau saß, der schwer vergoldet war. Sie waren auch
mit blitzenden Dolchen bewaffnet und schienen die Aufgabe
zu haben, die bösen Dämonen zu verjagen.

Wollte ich die Kleider der Einzelnen beschreiben, so
würde mich dies zu weit führen.

Die Stoffe der Gewänder — dies sei nur kurz be=
merkt — waren sehr reichfarbig: karmesinrot, blau, schar=
lachrot und orangefarben. Natürlich bestanden sie aus
Sammet, Atlas, Seide und Goldbrokat. Schnüre, Quasten,
Perlen, Gold und Silber waren an den Kostümen als
Schmuck und in unendlicher Mannigfaltigkeit verwendet.
Alles dies blitzte und glitzerte im Sonnenschein, als die
Tänzer sich genau nach dem Takte der seltsamen Musik
drehten.

Der Tanz dauerte etwa 15 Minuten, und als er zu
Ende war, mußten die „guten Geister" wohl gesiegt haben,
denn sie verließen als letzte den Platz.

Kyjunef konnte mir über die genauere Bedeutung des
Tanzes keine Auskunft geben. Ich sah darin eine Art
religiöser Pantomime, oder eines Mysteriums, wie wir sie
ja auch in der christlichen Kirche des Mittelalters finden.
Hat sich doch aus dem Mysterium das moderne Theater
entwickelt!

Als wir nach dem Hause des Groß=Lama zurückkamen,
fanden wir dort ein Mahl vor, das sehr gut und sorgfältig
bereitet war. Früchte und Madaira gab es dazu, und
Kyjunef erhielt gehörig Schnaps. Man hatte offenbar die
„Gesandten" sehr erfreuen wollen.

Nach der Mahlzeit hatte ich eine Unterredung mit dem
Groß=Lama über mein Heimatland, die Geographie und
Gestalt der Erde. Es kam mir sehr sonderbar vor, daß es
thatsächlich einen hohen Würdenträger einer großen Religions=
gemeinschaft noch gab, der noch niemals etwas von Amerika
gehört hatte und der durchaus es sich nicht denken konnte, daß
die Erde rund sei.

Der Groß=Lama war dieser Mann. Mit Hülfe des
Dolmetschers unterhielten wir uns.

„Sie haben viele Länder bereist," begann er, „und sind auch mit weisen Leuten oft zusammengekommen. Wie denken Sie über die Gestalt der Erde?"

„Ich meine", erwiederte ich, „daß sie einer großen Kugel gleicht."

Gedankenvoll sah der Priester vor sich hin und dann sprach er:

„Das habe ich auch schon früher gehört. Die russischen Offiziere, mit denen ich zusammenkam, sagten mir, daß die Erde rund sei. Aber das widerspricht unsern alten tibetischen Büchern. Doch habe ich gesehen, daß die Russen Sonnenfinsternisse richtig vorhersagten. Und so müssen sie doch wohl genau wissen, wie die Erde aussieht. Warum glauben Sie denn, daß die Erde rund sei?"

„Ich habe eine Reise rund um die Erde gemacht."

Der Groß-Lama war geradezu erschreckt, als ich dies sagte und fragte: „Wie? Sie sind rund um die Erde gereist? Wieso wissen Sie, daß Sie rund herum gekommen sind?"

„Ich drehte meinem Vaterlande den Rücken zu," sagte ich, „und reiste viele Monate der untergehenden Sonne entgegen. Ich habe große Festländer durchwandelt und weite Meere überfahren. Jeden Abend sank vor meinen Augen die Sonne und ging jeden Morgen in meinem Rücken auf. Die Erde schien stets eine ebene Platte zu sein, aber nirgends sah ich eine Ecke oder Kante. Als ich 30000 Werst weit gereist war, kam ich wieder in mein Vaterland und kam in entgegengesetzter Richtung heim, als ich weggegangen war. Wenn die Erde eben wäre, hätte ich nie diese Reise machen können!"

„Das ist sehr merkwürdig," sagte der Großlama in tiefem Nachdenken. Nach einer Weile bat er mich dann, ihm genau doch den Weg zu erzählen, den wir von Amerika nach Sibirien zurückgelegt hätten, und die Länder zu nennen, durch die wir gekommen wären.

Er hatte von Deutschland als westlichem Nachbarn Rußlands gehört, wußte auch von England und Indien und besaß eine unklare Vorstellung über den großen Ozean. Vom Atlantic und Amerika hatte er nie gehört.

Nach einem langen Gespräch über die Kugelgestalt der Erde sprach er seufzend: „Es stimmt diese Ansicht nicht mit unseren Lehren überein, aber Sie müssen doch Recht haben."

Interessant ist es, daß Dr. Ermann, der einzige Fremde der vor uns in der Lamaserei am Gänsesee war, im Jahre 1828 mit dem damaligen Groß-Lama dasselbe Gespräch führte, wie wir. Immer noch zweifeln die Priester an der Kugelgestalt unserer Allernährerin!

Gegen 5 Uhr Nachmittags verabschiedeten wir uns. Wir tauschten mit dem Groß-Lama unsere Photographieen und schieden mit herzlichstem Danke für die freundliche Aufnahme aus der großen Lamaserei am Gänsesee.

Viele Studenten und Kirchendiener standen dabei, als uns Kyjunef barhäuptig mit ehrerbietigster Miene in den alten klapprigen Wagen hinein half. Dann fuhren wir nach Selenginsk zurück.

---

Wir haben nun unseren Lesern ein Allgemeines Bild über Sibirien gegeben, und sie werden zu der Ansicht gekommen sein, daß dort nicht Alles so uneben ist, wie man gewöhnlich meint.

Den kühnen Amerikanern Kennan und Frost verdanken wir es vor allen Dingen, daß wir jetzt über Sibirien bessere Nachrichten haben, als früher.

Dem Rahmen dieses Buches entsprechend, konnten wir nur auszugsweise Kennans großes Reisewerk bearbeiten, aber, wir hoffen die interessantesten Beobachtungen herausgeschält zu haben.

Kennan machte noch eine schwere Lungenentzündung in Folge der Strapazen durch, die er in Transbaikalien erlitt. Sein treuer Gefährte und seine eiserne Natur halfen ihm durch.

Glücklich kamen die beiden kühnen Reisenden, die Papiere mit ihren Beobachtungen in den hohlen Wänden einer Theekiste vor der russischen Polizei bergend, über die Grenze, und Kennans Buch machte bald in der ganzen Welt ungeheures Aufsehen.

Heute geht die Eisenbahn durch Sibirien, und unter des neuen Czaren kräftiger Hand kommen vielleicht neue Zeiten für das Land.

Immer aber wird Sibiriens Kulturgeschichte mit Ehren nennen die Namen der beiden kühnen Amerikaner, die das große Land zuerst beobachtend bereisten, Kennan und Frost!

Ende.

# Inhalt.